헤르만 헤세, 겨울

마인드큐브 책은 지은이와 만든이와 읽는이가 함께 이루는 정신의 공간입니다.

"겨울, 또한번 삶이 창조의 광채로 빛나는 계절"

Hermann Hesse

헤르만 헤세, 겨울

헤르만 헤세 지음 / 두행숙 옮김

Winter

마인드큐브

'겨울'은 축적과 내적 성장으로
또다른 나를 예비하는 계절

이인웅/ 한국외국어대학교 명예교수, 한국헤세학회 초대회장

1892년 겨울은 정말 춥고, 일이월에는 눈도 많이 내린다. 열네 살의 소년 헤르만 헤세가 마울브론 신학교에 입학한 후 처음 맞는 겨울이다. 부모님의 소망에 따라 목회자의 삶을 준비하기 위한 배움의 길이다. 그러나 헤세는 겨울 내내 심각한 번민에 사로잡혀 괴로워한다. 혹독한 추위가 서서히 물러가는 겨울이 끝나갈 무렵 그는 집으로 "건강하게 잘 지낸다"는 거짓편지를 보낸다. 그러고는 자신의 결심을 실현하기 위해 삼월 초 어느 날 갑자기 학교에서 탈출한다. 밤새도록 눈 덮인 대지를 이리저리 헤매고 다니며, 허허벌판에 쌓여있는 짚더미 속에서 꽁꽁 언 몸을 웅크리기도 한다. 10킬로미터나 떨어진 곳에서 우연히 마주친 시골 경찰에게 마울브론으로 가는 길을 물어본다. 그러나 그는 반대 방향으로 발길을 옮긴다. 이를 이상히 여긴 경찰관이 그를 인도하여 다시 학교로 돌아오게 된다. 그 후 헤세에게는 금고형이 내려지고 밤 12시 반부터 날이 샐 때까지 8시간동안 감방에서 죄과를 치른다. 그러나 그의 도주는 겨울 내내 고민하며 뜬눈으로 여러 밤을 지새운 다음에 내려진 결론이다. 훗날 스스로 고백한 것처럼 그의 탈출은 "시인이 되

든가, 아니면 아무것도 되고 싶지 않았기 때문이다."

새싹들이 움트는 봄이 되면서 결국 헤세는 신학교를 떠난다. 공공연한 무신론자인 이복형이 사는 어느 한 마을에서 오이게니라는 매력적인 여인을 알게 된다. 그녀보다 일곱 살이나 어린 헤세는 이 젊은 여인을 열렬히 사랑하며 그녀를 위한 시를 써 바친다. 그녀는 그의 사랑이 바보 같고 불가능하다는 것을 상냥한 태도로 밝혀준다. 그러나 헤세는 마음의 평정을 잃고 연발권총을 구입해 자살을 시도한다. 그 후 정신치료를 받지만 그의 신경은 극도로 날카로워진다. 그는 가족 품안에서의 포근함을 그리워하는데, 부모님은 자신을 "신의 자식"으로만 대해준다. 십일월에는 새로운 인생길을 준비하기 위해 칸슈타트 김나지움 7학년(인문계 중고등학교로 한국의 중학교 1학년에 해당함)에 입학하지만, 얼마 지나지 않아 학사(學事)에 구역질을 느낀다. 우울증과 자살에 대한 생각을 떨쳐버리지 못한 채, 그는 술집으로 전전하며 고뇌로 가득 찬 나날을 살아간다. 몽롱하고 지속적인 투통과 지독한 압박을 견디지 못하고 결국 1893년 가을 김나지움에 자퇴서를 제출한다. 이로써 그의 학교 교육은 모두 중단된다. 그 후로는 서점판매원으로, 탑시계공장 견습공으로, 출판협회 조수로, 서점도제 및 서적분류조수 등으로 전전하지만 어느 정도 마음의 안정을 얻는다. 괴테를 중심으로 한 문학사와 낭만주의 작품들을 탐독하고 사색하면서 시인이 되기 위한 혼자만의 길을 외로이 걸어간다. 동시에 처음으로 시와 소설을 쓰기 시작하고 발표도 한다.

열아홉의 어린 나이에 헤세의 상처받은 영혼은 「나는 하나의 별」이란 서정시에서 자신을 이렇게 서술한다. "나는 저 높은 하늘에 뜬 하나의 별이랍니다./ 세상을 내려다보기도 하고 세상을 비웃기도 하고,/ 스스로의 불길 속에 타오르며 흩어지기도 하지요."

이 세상에 홀로 던져진 우리 인간은, 그래, 우리 헤르만 헤세는 이렇게 끝없는 방황과 고민을 하며 이리저리 비틀거린다. 때론 희망찬 꿈에 부풀어 웃기도 하고, 때로는 처절한 비탄에 젖어 울기도 한다. 오만하게 세상을 경멸하는가 하면, 무한한 비애와 굴욕감으로 처참해지기도 한다. 자신의 정열에 불타오르다가는 산산조각 부서져내리는 아픔을 맛보기도 한다. 미래에 대한 희망과 절망, 부모에 대한 존경과 반항, 친구에 대한 기대와 실망, 이름 없는 애인에 대한 연민과 고민, 신에 대한 믿음과 끝없는 회의를 가지기도 한다. 그러면서 우리는 자라고 성숙해지고 늙어가며 인간완성의 단계를 향하여 끊임없이 노력한다. 헤세는 누구보다도 많이 방황하며 수많은 밤들을 뜬눈으로 지새운 시인이다. 그러기에 자신이 겪었던 온갖 슬픔과 갈등, 고뇌와 절망을 회상하며, 참된 나를 발견하기 위해 투쟁하는 인간들을 위해 충고해줄 수 있는 시인이 된다.

게다가 헤세는 서양의 신비적이며 기독교적 경건주의에

서 출발하면서, 일생동안 인도와 중국사상의 동양적 분위기 속에서 "정신적 고향"을 발견한다. 그러기에 그는 운명적으로 동양과 서양, 자연과 정신, 예술가와 사상가, 은둔자와 속세인, 모성과 부성(父性)의 수많은 대립 사이에 흔들거리는 일생을 살아간다. 비틀거리며 방황하는 자신의 인생에서는 물론 시적 창작활동에서도 모든 것을 양극(兩極) 사이에 긴장시킨다. 인간으로서의 헤세는 "결코 어떤 고정적이고 지속적인 형성체가 아니라, 오히려 하나의 시도이며 변화이다. 그는 바로 자연과 정신 사이에 놓인 좁고 위험한 다리이다. 가장 내면적 운명은 그를 정신으로, 신으로 몰아대고—가장 절실한 동경은 그를 자연으로, 어머니로 이끌어간다. 이 두 개의 힘 사이에서 그의 인생은 불안에 떨면서 흔들거린다."

그러나 헤세는 신비스런 감정과 신앙성에서 일찍부터 인생의 날카로운 대립에 대한 극복 가능성을 예감한다. 훗날에 고대 중국의 정신세계를 접하고 이에 몰두하면서 양극성과 단일성에 대한 태곳적 관념을 인식하게 되고, 드디어는 동양의 지혜에서 그 자신의 예감에 대한 확증을 발견한다. 즉 양극적 대립성을 내포한 전 긍정적이며 조화적인 전일사상(全一思想), 모든 어둡고 밝은 면을 포함한 전체적 인생에 대한 활발한 긍정을 알게 된다. 이 양극적 단일성에 대한 이념을 헤세는 특히 『데미안』이후의 모든 작품에서 여러 가지 동양적 요소와 소재, 인물 및 비유 언어 등을 통해 상징적으로 서술한다. 그러므로 그의 문학 전체에서 볼 때, 모든 것이 긍정되고, 모든 것은 하나이며 똑같이 좋고 신성한 것이 된다. 왜냐하면 커다란 전일성 속에서의 음과 양, 혹은 선과 악이란 화해할 수 없는 대립이 아니라, 서로 보충하고 서로를 필요로 하는 양극이기 때문이다. 바로 전일적이며 조화적인 단일사상이라는 동양적 문학정신 속에서 헤르만 헤세라는 인간과 그 인생의 운명적 균열도 조화를 이루며 지양되는 것이다.

헤세의 춘하추동 사계절에 대한 글들도 이런 문학정신 내지 근본이념의 관점에서 독서한다면 더욱 깊은 뜻을 음미할 수 있으리라. 자연은 하나이지만, 계절에 따라 다른 매력을 지니며 다른 모습으로 우리에게 다가온다. 헤세 역시 봄·여름·가을·겨울을 다르게 느끼고 다르게 서술한다. 겨울에 대해서는 눈 덮인 고요한 시골풍경이나 눈 위로 찬란하게 비추이는 2월의 태양 등 수정처럼 투명한 아름다움을 찬미한다. 울리케 안데르스가 선별하고 두행숙의 유려한 번역으로 펴낸 『겨울』편에는 다수의 시와 수필, 관찰문과 편지, 여러 소설의 겨울서술 부분들이 수록되어 있다. 그중에서도 눈여겨볼 것은, 겨울은 수장(收藏)과 사멸(死滅)의 계절로 죽음이라는 단계를 상징한다는 사실이다. 그러나 우주만물의 영원한 변화 속에서 죽음이란 하나의 단계를 넘어가는 것이지 영원한 종말이나 완전한 소멸을 뜻하는 것이 아니다. 그러기에 크눌프가 눈 이불을 덮고 편안히 잠들어가듯이 우리는 죽음을 기꺼이 받아들이고 언제라도 환영해야 한다는 충고이다. 헤세 말대로 "모든 죽음의 보상은 새로운 탄생"이며, "어두운 문/ 저 너머에 생명의 합창이 밝게 울리기" 때문이다.

<나무 뒤의 산들>

겨울

Winter

십이월의 아침 시간

비가 엷게 베일을 드리우고,
굼뜬 눈송이들은 잿빛 베일에 촘촘 섞여
위쪽의 가지와 철조망에 매달리거나,
아래쪽 창유리에 오그리고 붙어 있다가,
서늘한 물기로 녹아 흐르며,
축축한 땅 냄새에 뭔가 엷은 것,
덧없는 것, 어렴풋한 것을 준다.
또 물방울들의 흘러내림에 머뭇거림의
몸짓을 주고, 한낮의 빛을 흐리게 하여,
마음을 언짢아 상하게 만든다.

아침에 흐렸던 몇몇 창유리들에는
장밋빛의 따뜻한 광채가 어렴풋이 밝아 오나,
외롭게 창문 하나에는 아직도 밤의 조명이 남아 있다.
한 간호사가 오더니, 눈(雪)으로
눈(眼)을 축이고, 한 동안
서서 응시하다 방으로 되돌아간다,

촛불이 꺼진다, 그러자 빛바랜 날 속에서
장벽이 잿빛으로 더 늘어난다.

<카데나초에서>

작업실의 늙은 화가

커다란 창문에서 십이월의 빛이
파란 아마포 위로, 분홍색 다마스쿠스 천 위로
비치고, 금색 테두리를 한 거울이 하늘과
이야기한다. 불룩한 파란 도자기에 다채로운 색의
아네모네와 노란 냉이로 만든 화환이 꽂혀 있다.
그 중간에 자신의 유희에 몰두한
화가가 앉아서, 거울에 비치는
자기의 얼굴을 그리고 있다.
어쩌면 손자를 위해 시작한 유언장이거나,
어쩌면 거울 속에서 찾은 자신의 청춘 시절의
흔적이리라. 그러나 그것은 오래 전에 잊었고,
그냥 기분으로, 그냥 그릴 계기가 되었을 뿐이다.
그는 자기를 보고 그리는 것이 아니다. 생각에 잠겨
뺨, 이마, 턱에 어리는 빛과, 수염에 감도는
푸른색과 흰색을 신중히 검토한다. 뺨을 불그스레하게
그리고,
커튼과 오래된 웃옷의 회색에서 꽃처럼 아름다운

색으로 빛나게 한다.

어깨는 둥그스름하게, 머리는 둥글고 실제보다 크게,

입 전체에는 진홍색을 칠한다. 고상한 유희에 사로잡혀

그는 그림을 그린다. 마치 그것이 공기이고, 산이고, 나무

인 듯.

아네모네나 냉이처럼

자신의 초상화를 상상의 공간 속에 그리며,

다름 아닌 붉은 색과 갈색과 노란 색의 균형과,

창조하는 시간의 빛 속에서 그 어느 때보다 아름답게 빛

나는

색채들이 펼치는 강력한 유희의 조화에만 힘쓴다.

작은 수행원 무리를 이끌고 나타난 눈의 공주

눈의 공주가 작은 수행원 무리를 이끌고 나타난다. 엄청나게 높은 곳에서 내려와, 산의 드넓은 분지나 둥근 산봉우리에 쉴 곳을 찾는다. 길을 잘못 든 북동풍은 그 순진한 공주가 누워 쉬는 것을 바라보며 시샘하고, 몰래 욕심내어 산 쪽으로 훑어 올라가다 갑자기 분노해 날뛰면서 그녀를 덮친다. 바람은 아름다운 눈의 공주에게 갈가리 흩어진 시꺼먼 구름 조각들을 던지면서 그녀를 조롱하고, 욕설을 퍼붓고, 쫓아내고 싶어 한다. 잠시 동안 공주는 불안해하면서 기다리고 참는다. 그리고는 이따금 머리를 저으면서 조용히, 비웃듯이 다시 그녀가 왔던 높은 곳으로 되돌아간다. 그러다가 갑자기 그녀는 주위에 불안해하는 친구들을 모으고, 그녀의 고귀하게 찬란히 빛나는 얼굴을 드러내어 차가운 손으로 그 바람의 요정을 물리친다. 요정은 망설이며 울부짖다가 도망간다. 그러면 눈의 공주는 고요히 그 자리에 머무르면서, 그녀가 머무는 곳 주위를 널리 창백한 안개로 감싼다. 그리고 안개가 걷히고 나면, 산의 분지와 정상들은 순백의 새로운 눈에 뒤 덮여 밝게 빛난다.

(『페터 카멘친트』 중에서, 1904년)

첫눈

너는 나이가 들었다, 녹음이 우거졌던 한 해여.
이미 시든 모습으로 바라보고, 이미 머리도 백발이다.
이미 지친 몸으로 가니 걸음에 죽음이 서려 있다.
나는 너와 동행하며, 나도 함께 죽는다.

마음은 머뭇거리며 불안한 오솔길을 가고,
눈 속에는 불안하게 겨울 씨앗이 잠들어 있다.
얼마나 많은 내 나뭇가지를 바람은 이미 꺾었는가,
그 상흔들은 이미 나의 갑옷이 되었다!
얼마나 많은 쓰린 죽음을 나는 이미 맞았던가!
모든 죽음의 보상은 새로운 탄생이었다.

환영한다, 죽음이여, 너 어두운 문이여!
저 너머에 생명의 합창이 밝게 울린다.

차가운 안개가 낀 잿빛 날들

　차가운 안개가 낀 잿빛 날들이 이어진 뒤에 늦게 피는 초롱꽃과 서늘한 때 검은 딸기 열매가 익은 맑은 날이 며칠 계속되더니, 두 주일 후에 갑자기 겨울이 닥쳐왔다. 매서운 서리가 내리고 그 후 사흘째에는 대기가 온화해지더니 곧 큰 눈이 쏟아졌다.

　그 동안 내내 크눌프는 쉬지 않고 언제나 고향 주변을 목적도 없이 돌아다녔다. 그리고 두 번인가 인근의 숲 속에 숨어서 석공 샤이플레도 보았으나, 다시 말을 걸지는 않고 일하는 모습을 보기만 할 뿐이었다. 너무나 생각할 것이 많아서, 괴로울 뿐 아무 소용없는 먼 길을 걸으면서, 그는 질기고 복잡하게 얽힌 가시덩굴 속으로 빠져들 듯이 자신의 실패한 인생의 혼란 속으로 점점 더 깊이 빠져들어 갔다. 그러나 아무런 의미도 위안도 얻을 수 없었다. 그때 병세가 새로이 악화되어 그를 덮쳤다. 그래서 그는 어느 날 다시 게르베르사우로 가서 병원 문을 두드리는 수밖에는 없을 것 같았다. 그러나 온종일 혼자 있다가 아래쪽에 있는 도시를 다시 내려다보았을 때, 모든 것이 그에게는 낯설고 적의를 가진 듯이 다가왔다. 그는 자신이 결코 그곳 사람이 아니라는 느낌이 확실해졌다. 가끔 그는 어느 마을에 들러 빵을 사왔다. 숲에 개암나무 열매는 아직 충분히 있었다. 밤에는 숲에서 일하는 일꾼들의 통나무집이나 밭의 짚더미 속에서 지냈다.

이제 그는 눈이 심하게 퍼붓는 가운데 볼프스베르그에서부터 골짜기의 제분소가 있는 곳까지 걸어왔다. 몸은 쇠약해지고 죽을 것처럼 피로했으나 계속해서 걸었다. 얼마 남지 않은 살 날들을 최대한 이용하여, 모든 숲가장자리와 숲길을 빠짐없이 계속해서 걸어 다니려는 것 같았다. 병색이 짙고 피로했지만 그의 눈과 코는 옛날과 같은 민감함을 그대로 지니고 있었다. 민첩한 사냥개처럼 그는 지금 더 이상 아무런 목적도 없으면서도, 지면이 꺼진 곳이나 바람의 흐름, 짐승의 발자취를 하나도 빠짐없이 눈으로 살피고 냄새로 맡았다. 물론 거기에 그의 의지는 없고 다만 발걸음만 저절로 걸어가고 있었다.

그러나 수일 전부터 거의 늘 그랬듯이, 지금도 그는 생각 속에서 인자하신 신 앞에 서서 그와 끝없이 이야기를 나누고 있었다. 두려움은 없었다. 신이 우리 인간에게 무슨 일을 끼칠 수는 없다는 것을 그는 알고 있었다. 그러나 그들, 신과 크눌프는 그의 생애가 무의미했다는 것에 대해 이야기하였다. 그리고 어떻게 했으면 그의 삶이 달라질 수 있었을까에 대해서, 또 왜 이런저런 일들이 다르게 되지 못하고 그렇게 될 수밖에 없었는가에 대해서 서로 이야기하였다.

"바로 그 당시 일이었습니다."

크눌프는 되풀이하여 주장했다.

"그 당시, 제 나이 열 네 살이었고, 프란체스카에게서 버림받았던 때 말입니다. 그때 저는 아직 무엇이든 될 수 있었을 것입니다. 그러나 그때 제 안에서 뭔가 파괴되고 엉망진창이 되어 버렸습니다. 그 후부터 저는 쓸모없는 인간이 되고 말았지요. 아니, 뭐라고 해야 될까요. 잘못이 있다면 당신께서 저를 열네 살 때 죽게 하지 않았다는 것입니다! 제가 그때 죽었더라면 저의 삶은 익은 사과처럼 아름답고 완전하였을 것입니다."

그러나 인자한 신은 줄곧 미소만 지었고, 이따금 그의 얼굴은 눈보라 속에 파묻혀 완전히 사라지곤 하였다.

"자, 크눌프!" 신은 깨우치듯이 말했다.

"그대의 젊은 시절을 한 번 생각해보라! 그리고 오덴발트의 여름날들, 레히시데텐에서 지냈던 시절을 생각해보라! 그대는 사슴처럼 춤을 추며 아름다운 생명이 온몸에 꿈틀거리는 것을 느끼지 않았는가? 소녀들의 눈에 환희의 눈물이 넘칠 정도로 그대는 노래와 하모니카를 잘 불지 않았는가? 바우에르스빌에서 보낸 일요일들을 아직도 알고 있는가? 그리고 그대의 첫 번째 애인이었던 헨리엣도 기억하고 있는가? 그래도, 그 모든 것이 허사였단 말인가?”

크눌프는 생각에 잠기지 않을 수 없었다. 그러자 마치 먼 산의 불처럼 그의 청춘 시절의 기쁨들이 희미하고 아름답게 빛을 발하고, 꿀과 포도주같이 강하고 달콤한 향기를 풍기며, 이른 봄 밤의 따뜻한 바람처럼 낮고 부드럽게 불어오는 것이었다. 아, 그것은 아름다웠다. 환희도 아름답고 슬픔도 아름다웠다. 그런 날이 하루라도 없었더라면 애석했을 것이다!

“아, 예, 아름다웠습니다.” 크눌프는 인정했지만, 피로에 지친 어린애처럼 울면서 투정하고 싶은 심정이 가득했다.

“그때는 아름다웠습니다. 물론, 죄와 슬픔도 역시 있었지요. 그러나 행복한 시절이었던 것은 사실입니다. 그리고 그 당시 저처럼 그렇게 술잔을 기울이고, 춤을 추고, 애인과 사랑을 속삭이며 밤을 즐겼던 사람도 아마 많지는 않을 것입니다. 그러나 그때, 바로 그때 끝냈어야 했습니다! 이미 거기 행복 속에 가시가 박혀 있었습니다.

저는 잘 알고 있습니다. 그 후로 결코 다시는 그런 좋은 시절이 오지 않았지요. 아니요, 결코 다시는."

신은 멀리 눈보라 속으로 사라졌다. 이제, 크눌프는 잠깐 멈춰 서서 다시 호흡을 가다듬고 흰 눈 위에 피를 몇 방울 토해 내려 했다. 그때 갑자기 신이 다시 나타나서 대답을 주었다.

"말해 보라, 크눌프! 그대는 좀 은혜를 모르는 사람이 아닌가? 그대가 건망증이 있다니 웃지 않을 수 없군! 우리는 자네가 댄스의 왕으로 지내던 시절과, 그대의 애인 헨리에크를 기억해 냈지. 그리고 그대는 행복했고 아름다웠고 의미 있었다고 인정하지 않을 수 없었지. 그런데 헨리엣을 그렇게 생각한다면 리자벳에 대해서는 대체 어떻게 생각하려는 것인가? 그래, 정말 그녀를 완전히 잊어버릴 수 있었던 것인가?"

그러자 지나간 과거의 한 토막이 먼 산맥처럼 다시 크눌프의 눈앞에 나타났다. 그것은 비록 조금 전과 같이 아주 즐거운 것처럼 보이지는 않았으나, 그 대신 마치 눈물을 보이며 미소 짓는 여인처럼 훨씬 신비롭고 친밀한 빛을 띠고 있었다. 그가 오랫동안 잊었던 날들과 시간들이 그 무덤에서 다시 되살아났고, 그 한 가운데에 아름답고 서글픈 눈을 한 리자벳이 어린 아이를 팔에 안고 서 있었다.

"저는 얼마나 나쁜 놈이었는지 모릅니다!" 그는 다시 탄식하기 시작했다.

"리자벳이 죽은 뒤 저도 더 이상 살지 말아야 했습니다."

그러자 신은 크눌프의 이야기를 가로막고 맑은 눈으로 그를 꿰뚫어 보며 말을 계속했다.

"그만둬, 크눌프! 그대는 리자벳에게 큰 슬픔을 주었다. 그것은 사실이야. 그러나 그녀가 그대에게서 나쁜 것보다 부드러움과 아름다움을 더 많이 받았다는 것은 그대도 알고 있다. 그리고 그녀는 잠시라도 그대를 원망한적이 없었어. 그대는 그런 모든 것의 의미를 아직도 모르는가, 어린애 같은 사람아? 그대가 탕아가 되고 방랑자가 된 것도, 그대가 어디에서나 순진한 익살과 어린애 같은 웃음을 가져다주기 위해서였다는 것을 모르는가? 그래서 가는 곳마다 사람들이 그대를 조금은 사랑하고 귀여워하고 조금은 감사하게 여기지 않을 수 없었다는 것을?"

"결국은 사실입니다."

크눌프는 잠시 침묵하다가 나지막하게 인정했다.

"그러나 그것은 모두 옛날 일입니다. 그때 저는 아직

<설산을 배경으로 한 별장>

젊었으니까요! 그런데 왜 저는 그 모든 것에서 아무것도 배우지 못하고 진실한 인간이 되지 못했을까요? 아직 그럴 시간이 있었을 텐데요."

내리던 눈이 잠시 그쳤다. 크눌프는 다시 잠깐 쉬며 모자와 옷에 두껍게 쌓인 눈을 털어 내려 했다. 그러나 그렇게 하지 않았다. 마음이 산란하고 피로하였다. 그러자 신이 바로 그 앞 가까이 나타나 서 있었다. 신의 밝은 눈은 더욱 크게 뜨이며 태양처럼 빛났다.

"이제 만족하라." 신은 타일렀다.

"탄식한들 무슨 소용 있겠는가? 모든 것이 제대로 올바르게 되어갔으며, 아무것도 달리 될 수 는 없었다는 걸 그대는 정말로 깨닫지 못하는가? 그래, 그대는 지금쯤 어엿한 신사가 되거나 공장의 대가가 되어, 처자식을 거느리고 저녁에는 여유 있게 주간지를 읽는 처지가 되고 싶은가? 그런 신분이 되었다 해도 자네는 곧장 다시 뛰쳐나와 숲속에서 여우들과 함께 자거나 새덫을 놓거나 도마뱀을 길들이고 있을 것이 아닌가?"

크눌프는 다시 걷기 시작하였다. 피로에 지쳐 몸이 휘청거렸으나 그것마저 전혀 느끼지 못했다. 오히려 기분이 더 나아져서, 신이 그에게 해준 말씀에 감사하며 고개를 끄덕였다.

"보라!" 신은 말하였다. "나는 그대의 있는 모습 그대로가 필요했다. 나의 이름으로 그대는 방랑하였고, 정착해 있는 사람들에게 매번 다시 '자유'에의 동경을 조금 불러일으켰다. 나의 이름으로 그대는 어리석은 일을 하면서 사람들의 웃음거리가 되었다. 다시 말하면 내 자신이 그대 안에서 웃음거리가 되고 또한 사랑을 받은 것이지. 바로 나 자신이 그대 안에서 웃음거리가 되기도 하고 사랑 받기도 한 것이다. 그러니 그대는 나의 아들이요, 나의 형제이며, 나의 분신이다. 그대가 맛보고 겪은 모든 것은 모두, 바로 그대 안에서 내가 그대와 함께 경험했던 것이다."

"네." 크눌프는 말하며 정중히 머리를 숙였다. "네, 그렇지요. 저도 사실 늘 그것을 알고 있었습니다."

그는 눈 위에 누워 쉬었다. 그러자 피로에 지친 손발이 한결 가벼워졌다. 그의 충혈된 눈은 미소를 지었다.

조금 잠을 자려고 눈을 감자, 여전히 신의 음성이 말하는 것이 들려왔다. 그는 계속 신의 밝은 눈을 바라보았다.

"그럼 더 한탄할 것은 없는가?" 신의 음성이 물었다.

"더 이상 없습니다." 크눌프는 머리를 끄덕이며 부끄러운 듯 미소 지었다.

"그럼, 모든 것이 좋은가? 모든 것이 자연스레 되었는가?"

"네." 그는 고개를 끄덕였다. "모든 것이 되어야 할 대로 되었습니다."

신의 음성이 점점 희미해지며 때로는 어머니의 음성처럼, 때로는 헨리엣의 음성처럼, 때로는 리자벳의 부드럽고 온화한 음성처럼 들려왔다.

크눌프가 다시 한 번 눈을 뜨자, 태양에 비쳤으나 너무 눈이 부셔 곧 눈꺼풀을 내려야 했다. 그는 손 위에 눈이 수북이 쌓인 것을 느끼고 그것을 털고 싶었다. 그러나 곧 졸음에 못 이겨 자고 싶은 욕망이 그의 내면에서 다른 어떤 욕망보다 더 강렬해질 뿐이었다.

(『크눌프』 중에서, 1907/14년)

눈 속의 방랑자

자정을 알리는 시계 종소리가 골짜기에 울리고,
하늘의 달은 차갑고 헐벗은 채 떠간다.

달이 비치는 눈 속으로
내 그림자와 함께 나는 홀로 걸어간다.

얼마나 많은 길을 나는 봄의 녹음 속에서 갔고,
얼마나 많은 여름 태양의 작렬함을 보았던가!

나의 걸음은 피곤하고 내 머리는 반백이니,
한 때의 내 모습대로 나를 알아보는 이는 아무도 없다.

나의 메마른 그림자는 지쳐 멈춰 서지만,
한 번 간 길은 끝까지 가야 한다.

화려한 세계로 나를 이끌었던 꿈은
나를 비껴간다. 이제 나는 안다, 그것이 거짓이었음을.

골짜기에 자정을 알리는 시계 종소리가 울리니,
아, 저 위에서 웃는 달빛은 얼마나 차가운가!

눈이여, 참으로 차갑게 그대는 이마와 가슴을 적시는구
나!
죽음은 내가 알던 것보다 더 소중하다.

피곤하면 무거운 짐을 덜고 잠이 들기를

피곤하면 잠이 들어 오랫동안 지고 다녔던 짐을 내려놓
아도 된다. 그것은 유쾌하면서도 경이로운 일이다.

(『유리알 유희』 중에서, 1931~1942년)

우리가 사는 조용한 지역

우리가 사는 지역은 매우 조용하며, 독일계 스위스에서와는 달리 전쟁에 대해서는 별로 느끼지 않습니다. 그리고 마침내, 이 우기가 지나가고 아름다운 날씨가 지속되는 시기, 부드럽게 태양이 비치는 나날을 맞이했습니다. 우리 지역의 풍경은 겨울에 화폭처럼 다채로우며, 눈이 내리지 않은 한 가장 아름답지요. 모든 게 부드럽고 진한 광채를 내며, 저녁 무렵의 시간에는 고요한 색채를 띠게 됩니다. 산들이 안쪽에서부터 빛을 발하기 시작하면, 그것은 내밀한 불의 축제처럼 솟아올라, 매번 마치 다정하고 오래 지속되는 어머니의 힘이 세계사의 잔인함에 조용히 미소로 맞서는 것처럼 나타납니다.

「막스 헤르만-나이세에게 보내는 편지」 중에서, 1939년 12월)

겨울이 아직도 머뭇거리는 십이월 초

십이월 초이다. 겨울은 아직도 머뭇거리고 있고 폭풍이 몰아친다. 며칠 전부터 가는 비가 재촉하듯 내리는데, 내리다가 스스로 너무 지루해지면 이따금 한 시간 정도 축축한 눈으로 바뀐다. 거리는 걸어 다니기 힘들고, 낮의 길이도 여섯 시간밖에 되지 않는다.

나의 집은 확 트인 들에 서 있으며, 주위는 윙윙거리며 불어오는 서풍과, 비 내리는 어둑어둑함, 빗물이 뚝뚝 떨어지는 갈색 정원과 빗물이 쏟아져 내려가 땅바닥이 보이지 않고 어디로도 통하지 않는 들판 길들로 둘러 싸여 있다. 오는 사람도 없고, 가는 사람도 없다. 세계는 어디 먼 곳에서 가라앉아 버렸다. 그것이 내가 종종 소망했던 전부이다. ― 고독, 완전한 고요, 사람도 없고, 동물도 없고, 오직 나 혼자 서재에 있고, 그 방의 굴뚝에는 폭풍이 몰아치고 창가에는 비가 부딪혀 내리는 것 말이다.

나날이 그렇게 지나간다. 나는 늦게 일어나 우유를 마시고, 난로를 살핀다. 그러고 나서 서재에 앉아 3천여 권의 책들 속에 파묻힌다. 그 중에서 두 권을 골라서 교대로 읽어간다. (…)

눈이 아파오면 등의자에 앉아서, 약해지는 대낮의 밝은 빛이 책들로 뒤덮인 벽에 비쳤다가 사라져 가는 모습을 바라본다. 혹은 벽에 가 서서 꽂혀 있는 책들의 뒷면을 바라보기도 한다. 그것들은 내 친구이고, 내게 남은 것들이며, 나보다 더 오래 남을 것들이다. 그리고 설령 그 책들에 대한 내 관심이 흔들리더라도, 나는 다른 것이 없으니 그것들에게 매달려야 한다. 나는 그것들을 바라본다. 이 말이 없고, 어쩔 수 없이 내게 충실하게 남은 이 친구들을. 그러면서 그것들의 역사에 대해 생각해본다. (…)

그렇게 낮이 지나가고, 저녁은 등불 아래서, 책과 담배가 있는 곳에서 10시까지 이어진다. 그 후에 나는 차가운 옆방의 침대로 들어간다. 왜 그러는지 모르겠다. 나는 별로 잠을 자지 못하는데 말이다. 사각 진 창문과 흰색 세면대를 바라보고, 침대 위쪽에 하얀 영상이 밤의 창백한 기운 속에서 하늘거리는 것을 본다. 지붕에 폭풍이 몰아치다가 창가에서 떠는 소리를 듣고, 후드득후드득 떨어지는 빗소리, 내 숨소리, 나직하게 뛰는 내 심장 소리를 듣는다. 눈을 떴다가 다시 감는다. 읽었던 것을 생각하려고 애써보지만 되지 않는다. 그 대신 나는 다른 밤들, 지나간 열흘 전, 스무날 전의 밤들을 생각한다. 그때도 바로 나는 이렇게 누워 있었고, 그때도 바로 창문이 희미하게 빛나고 있었으며, 나의 나직한 심장 소리는 창백하고, 무의미하게 흘러가는 시간들을 세고 있었다. 그렇게 밤들은 지나간다.

낮들과 마찬가지로 그런 밤들도 아무 의미가 없지만, 그럼에도 불구하고 그 밤들은 지나가고 그것이 그들의 운명이다. 밤들은 왔다가 가면서, 마침내 어떤 의미를 얻기도 하고, 아니면 그렇게 끝나 내 심장 소리가 다시는 그 밤들을 다시 셀 수 없게 되기도 한다. 그러고 나면 어쩌면 청명한 가을 어느 날, 어쩌면 바람이 불고 눈이 내릴 때, 아니 어쩌면 라일락이 꽃피는 6월에 관이, 무덤이 찾아온다.

내가 보내는 시간들이 늘 그런 것은 아니다. 백 여 시간 중에 반시간 정도는 다르다. 그때는 내가 원래 늘 생각하고 싶었던 것이, 그리고 책, 바람, 비, 창백한 밤이 매번 내게 감추고 벗어나려 했던 것이 갑자기 다시 떠오른다. 그럴 때 나는 다시 생각한다. 왜 그것은 이러한가? 왜 신은 너를 떠났는가? 왜 너의 청춘시절이 너에게서 달아났는가? 왜 너는 그처럼 죽어 있는가? 라고.

그럴 때가 내게는 좋은 시간이다. 그때는 짓누르고 있

던 안개가 걷힌다. 인내와 무관심은 달아나고, 나는 깨어나 끔찍했던 단조로움을 들여다보면서 다시 느낄 수 있게 된다. 나는 고독을 내 주위에 얼어붙은 호수처럼 느낀다. 이런 삶의 치욕과 어리석음을 느끼고, 잃어버린 청춘에 대한 고통이 무섭게 타오르는 것을 느낀다. 물론 괴롭다. 하지만 그것은 아픔이고, 수치이고, 고통이면서도, 그것이 인생이고, 생각이고, 의식이다.

왜 신은 너를 떠났는가? 너의 청춘은 어디로 갔는가? 나는 그것을 모르며, 결코 생각해낼 수 없을 것이다. 그러나 그것은 의문이고 저항이며, 그렇게 함으로써 더 이상 죽지 않는 것이다.

그리고 내가 더 이상 기대하지도 않는 대답 대신, 나는 새로운 의문이 생긴다. 예컨대, 네가 젊었던 때가 마지막으로 언제였나 하는 의문이.

나는 생각에 잠긴다. 그러자 얼어붙었던 추억이 서서히 흘러들면서 움직인다. 불확실했던 눈을 크게 뜨고서, 사라지지 않고 죽음의 덮개 밑에서 잠들어 있던 그 영상을 돌연 분명하게 비춰 보인다.

처음에는 그 영상들이 몹시 오래된 듯, 적어도 십 년은 더 된 듯 보인다. 그러나 마비되었던 시간 감각이 순식간에 깨어나 잊혔던 기준을 되찾아 수긍하면서 시간을 잰다. 알고 보니, 그 시간은 훨씬 더 가까웠다. 그러자 내 정체성에 대한 의식이 잠에서 깨어 당당히 눈을 뜨고, 참으로 믿기지 않는 일들을 확인하면서 고개를 끄덕인다. 그것은 영상 하나하나씩 넘어가면서 말한다.

"그래, 그게 나였어." 그렇게 영상이 곧 하나씩 차가우면서도 아름다운 명상으로부터 빠져나와 생생한 것, 내 삶의 일부가 된다. 내 정체성에 대한 의식은, 과거를 즐거웠던 것으로 보려는 매력적인 것이지만 섬뜩한 것이기도 하다. 사람은 그런 의식을 갖고 있지만, 그것이 없이도 살 수 있으며, 대개는 그렇지 않지만 종종 그것으로도 충분하다. 의식이 없으면 시간을 없애 주므로 멋진 일이지만, 그것은 진보를 부정하므로 나쁜 것이기도 하다.

잠에서 깨어난 의식의 기능은 작동하여, 내가 한 때는 내 청춘을 완전히 소유하며 보낸 밤도 있었으며 그것도 일 년 전의 일이라는 것을 확인했다. 그것은 의미 없는 체험이었고, 그 때문에 내가 오랫동안 빛도 없이 살 그림자가 되기에는 너무 사소한 일이었다. 하지만 그것은 하나의 체험이었다. 그리고 그것은 몇 주 전부터, 아마 몇 달 전부터 아무런 체험도 없이 지내다 보니 내게는 하나의 경이로웠던 일처럼 생각되며, 마치 작은 천국이었던 것처럼 나를 바라보면서 필요 이상으로 중요해 보인다.

오직 나에게만 그것은 다정했던 체험이어서 그것이 한없이 고맙다. 나는 좋은 시간을 가졌다. 늘어서 꽂혀 있는 책들, 서재, 난로, 비, 침실, 고독, 모든 것이 해체되고, 용해되고, 녹아버린다. 나는 한 시간 동안 자유로워진 팔다리를 움직인다.

(「삶의 권태」 중에서, 1908년)

잿빛 겨울날

잿빛 겨울날이다,
고요하고 빛도 거의 없는.
사람들이 여전히 자기와 말하는 것을
싫어하며 투덜거리는 노인이다

그가 강물 소리를 듣는다, 젊은 강물이
충동과 격정에 가득 차 흘러가는 것을.
그 참을성 없는 힘이 그에게는
주제넘고 헛된 것으로 생각된다.

늙은 겨울날은 비웃듯이 눈을 찌푸리며
빛을 좀더 아낀다.
아주 느리게 눈을 내리기 시작하더니,
얼굴 앞에 베일을 드리운다.

늙은 겨울날의 꿈속에서 그를 방해하는 것은
갈매기들의 요란한 울음소리,

헐벗은 마가목나무 속에서
지빠귀들이 다투는 소리.

중요하다고 떠벌리는 그 모든
요란함이 그는 우습다.
겨울날은 혼자 하염없이 조금씩 눈을 뿌린다,
어두워질 때까지.

<테신의 1월>

난로와의 대화

그것이 나에게 소개되었다. 통통하고 땅딸막하고, 커다란 입에는 불을 가득히 머금고 있는데, 그 이름은 프랭클린이라고 했다.

"너는 벤자민 프랭클린인가?"하고 내가 물었다.

"아닙니다. 단순한 프랭클린입니다. 프랭클리노입니다. 나는 이탈리아 산 난로로, 우수한 발명품이지요. 특별히 강하게 열을 내지는 않으나, 고도로 발달한 공업의 발명품, 제작품이라고 할 수 있는……"

"그래, 그건 알고 있다. 멋진 이름이 붙은 난로들도 모두 보통의 열을 낼 뿐이다. 하지만 우수한 발명품들이므로, 심지어 어떤 것은 설명서에 따르면 근대 공업의 명성에 걸맞은 걸작이기도 하지. 나는 그것들을 매우 좋아한다. 탄성을 받을만한 대상들이니까. 그런데, 프랭클린이여, 말해 봐라, 도대체 이탈리아 산 난로가 미국 명칭을 가지고 있는 것은 무슨 이유 때문이지? 이상한 일이 아닌가?"

"아뇨. 아시다시피, 그것은 하나의 신비한 법칙입니다.

겁쟁이 민족은 용기를 찬양하는 민요를 갖고 있습니다. 박정한 민족은 사랑을 찬미하는 연극을 상영합니다. 우리 같은 난로도 결국 마찬가지여서, 이탈리아 산 난로는 대개 미국식 이름을 가집니다. 독일산 난로가 대개 그리스 식 명칭을 갖는 것과 같지요. 독일산 난로라고 해서 나보다 더 나은 것은 전혀 아닙니다. 그런데도 '유레카' 라든가 '페닉스' 또는 '헥토르의 이별' 같은 명칭으로 불립니다. 그것은 위대한 추억을 불러일으키는 것입니다. 그래서 나도 프랭클린이라는 이름을 지니고 있는 것입니다. 나는 일개 난로이지만, 정치가가 되어서는 안 된다는 법은 없을 것입니다. 나는 입이 커다랗지만 그다지 많은 열은 발산하지 않고, 연통으로 연기를 뿜어내며, 훌륭한 명칭을 가지고 있어 위대한 추억을 불러일으킵니다. 이것이 나의 모습입니다."

"과연!"하고 나는 말했다. 그리고는 이어 칭호를 바꿨다. "당신에게 최대의 경의를 표합니다. 당신은 이탈리아 산 난로이니까 분명 밤도 구울 수 있겠군요?"

"물론 할 수 있습니다. 어느 누구라도 자유롭게 해 보아도 됩니다. 지루함을 달래며 시간 보내는 데는 그만이어서, 많은 사람들이 좋아합니다. 어떤 분들은 시를 짓거나 장기를 두기도 하지요. 내 안에서 밤을 굽는 정도는 조금도 지장이 없습니다. 물론 밤이 검게 타버리면 입 안에 넣을 수는 없겠지만, 그래도 오락으로서는 좋습니다. 이런 오락거리만큼 사람들이 좋아하는 것은 없지요. 나는 인간들이 만든 것이므로 인간들에게 쓸모 있게 이용되어야 하지요. 우리는 우리의 의무를 우리의 간단한 의무를 이행할 뿐입니다. 우리는 어차피 기념물이니까, 더도 덜도 아닌 이런 정도로만 이용되는 것입니다!"

"기념물이라니요? 당신은 자기를 기념물로 봅니까?"

"우리는 모두 기념물입니다. 우리들 공업 생산품은 모두 인간의 특성이나 장점의 기념물입니다. 자연계에는 별로 존재하지 않고 인간에게만 고도로 발달하여 발견되는 특성의 기념물입니다."

"대체 당신은 어떠한 특성에 대해 말하는 것입니까, 프랭클린 씨?"

"목적에 맞지 않는 것에 대한 기호(嗜好)를 말하는 것입니다. 나도, 나와 비슷한 많은 제품들과 마찬가지로 이런 기호의 기념물입니다. 나는 프랭클린이라고 합니다. 나는 난로로서 장작을 먹는 커다란 입과, 열을 하늘로 발산해 내는 커다란 연통을 가지고 있습니다. 또 역시 중요한 것으로, 장식도 달고 있습니다. 사자 장식이나 다른 것들도요. 여기저기 뚜껑도 몇 개 달려 있어서 열거나 닫을 수 있는데, 이것도 해 보면 아주 재미가 있습니다. 이것도 오락거리가 되는데, 마치 마음대로 여닫을 수 있는 피리의 건(鍵)과 같아서, 그런 것을 하고 있으면 뭔가 의미 있는 일을 하고 있는 것 같은 착각이 들지요. 사실 그것 역시 의미 있는 일이기는 합니다."

"당신은 멋지군요, 프랭클린 씨. 당신은 내가 이제까지 본 난로 중에서 제일 영리한 난로입니다. 그런데, 이제 어떻습니까? 당신은 사실 난로인가요, 아니면 기념물인가요?"

"몇 번이나 물어보는군요! 당신도 알다시피 인간은 사물에 의미를 부여하는 유일한 존재입니다. 인간이란 그러한 것이지요. 나는 인간을 섬기는 존재이고, 인간의 작품입니다. 나는 사실을 사실대로 인정하는 것에 만족합니다. 인간은 이상주의자이고, 인간은 생각합니다. 동물에게는 떡갈나무가 떡갈나무이고, 산은 산, 바람은 바람일 뿐, 천상의 자녀는 아닙니다. 그러나 인간에게 있어서는 모든 것이 신성을 가지며, 모든 것이 의미 있고 상징인 것입니다. 일체가 실제와는 뭔가 전혀 다른 의미도 가지고 있습니다. 실재와 가상이 상반되어 다투고 있습니다. 그런 생각은 내가 알기로, 오래 전에 인간이 고안해낸 것인데 소급하자면 플라톤으로 거슬러 올라가겠지요. 폭력을 휘둘러 죽이는 것도 영웅적인 일이고, 역병(疫病)도 신이 손길이 내리는 섭리이며, 전쟁은 신을 찬양하는 것이고, 위암(胃癌)도 진화인 것입니다. 어찌 난로가 그냥 단순한 난로이겠습니까? 아니요, 난로는 상징이고 기념물이며 예고자인 것입니다. 물론 난로는 난로인 것처럼 보입니다. 사실, 어떤 의미에서는 그렇기도 하지만, 그러나 그 단순한 얼굴에서 태고적부터의 스핑크스가 당신에게 미소를 던지고 있습니다. 난로 역시 하나의 이데아(Idea)를 지니고 있으며, 역시 신성을 가진 하나의 소리입니다. 그 때문에 사람들은 난로를 사랑하고, 그래서 난로에 경의를 표합니다. 그 때문에 난로는 아주 조금 부차적으로만 열을 내며 타고 있을 뿐입니다. 그래서 난로는 프랭클린이라는 명칭을 갖고 있는 것입니다."

(1919년)

눈

숲과 정원에 눈이 내리면,
조용한 가벼운 지붕 아래서는
피로해진 이 세계가
한 동안 잠들다가, 이윽고 깨어난다.

죽음이 나의 피와 온몸을 멈추게 하면,
너희는 미소 지으며 너희의 슬픔을 말해다오!
고요히 잔해 속으로 덧없는 영상이 가라앉고,
내 현재와 과거의 모습은 계속 삶을 이어간다.

인간의 삶과 시인의 작품

한 인간의 삶과 한 시인의 작품은 수백 수천 가지의 뿌리에서 자라며, 그것이 끝나지 않는 한 수백 수천 가지의 새로운 관계와 이어짐을 받아들인다. 그리고 만약 한 인간의 삶이 이런 모든 뿌리와 뒤얽힌 관계들을 포함해 처음부터 끝까지 기록된다면, 전체 세계사만큼이나 풍성한 서사시가 만들어질 것이다. 사람이 나이가 들어가면서 그것을 주목한다면, 비록 힘과 능력이 감퇴하더라도 인생은 뒤늦게라도, 사실 끝날 때까지 매년 자신이 복잡하게 맺어가는 관계들이 부단히 늘어나고 다양해지는 것을 관찰할 수 있다. 그리고 기억이 깨어 있는 한, 모든 지나간 일과 덧없는 일들 가운데 실제로 사라지는 것은 아무것도 없다는 것도 알게 된다.

「성탄절의 선물」 중에서, 1956년

도시에서 온 친구의 편지

얼마 전 도시에 사는 한 친구가 나에게 편지를 써 보내, 겨울을 시골에서 보내는 것은 현명한 일이 아니라고 나에게 확신시켜주려 했다. 교통편도 부족하고 생활의 변화도 적은 것이 나를 질식시키리라는 것이 그의 생각이었다.

"반면에 도시에서의 겨울을 생각해 보게."라고 그는 편지를 이어갔다.

"거기서는 지루해지면 창밖을 내다보기만 하면 되지. 그러면 곧 끊임없는 그림책이 자네의 눈앞에 펼쳐지게 될 거네."

아, 물론 나는 이런 그림책을 잘 기억한다. 그러나, 고맙지만 아니다.

「내 방의 창문 앞에서」 중에서, 1943년)

한 겨울에 보내는 시간

한창 추운 겨울이다. 눈이 내리는가 하면 서남풍이 불어오기도 하고, 얼음이 얼었다가 녹아 진창이 되는 날이 번갈아 이어졌다. 논길은 지나다닐 수 없어, 아주 가까운 이웃집과도 왕래가 끊겼다. 호수는 추운 아침에는 새하얀 김을 뭉게뭉게 뿜어내고, 수면은 유리처럼 부서지기 쉬운 살얼음으로 덮인다. 그러나 그 다음에 따뜻한 바람이 불면 호수는 다시금 거무스레해지고 생기를 되찾아, 봄의 아주 화창한 날과 같이 동쪽이 푸르러진다.

그리고 나는 난로불이 잘 타고 있는 서재에 앉아서 별로 필요 없는 서적을 읽고, 별로 필요 없는 기사를 쓰고, 별로 필요 없는 사색을 하며 지낸다. 해마다 연달아 쓰여서 출판되는 그 모든 것들을 결국 누군가는 읽지 않으면 안 된다. 그리고 달리 아무도 그것을 하는 사람이 없어서 마침 내가 그 일을 하고 있는 것이다. 하나는 관심이 있고, 동업의 교제를 유지하기 위해서이고, 하나는 대중과 서적 범람 사이에 비평적인 비호자 내지는 완충장치로 남아 있기 위해서이다. 이들 서적들 중에는 실지로 홀

룽하고 지혜가 담겨 있어 읽을 만한 가치가 있는 것도 많다. 그럼에도 불구하고 이따금 나는 문득 내가 하고 있는 일이 전적으로 헛된 작업이며, 내 의도가 전혀 잘못된 목표를 향하고 있는 것처럼 보이곤 한다.

때때로, 밖에 눈이 내려 흩날릴 때면, 나는 꿈꾸듯 『베데커 여행안내서』를 손에 들고 그라우뷘덴* 주에 관한 부분을 읽으면서 지도를 본다. 심호흡을 하면서 거기 고지대의 알불라 계곡에서 멋진 겨울에 쌓인 빛나는 눈과 태양 빛을 받은 푸른 광경을 상상해 본다. 그리고 장크트모리츠 지역의 호텔 숙박비를 읽고는 아쉬운 눈길을 보내다가 책을 다시 치워 놓곤 한다.

그러나 날씨가 다시 따뜻해지고 호수 위로 서풍에 밀린 부드러운 잿빛과 푸른색 구름들 사이로 습기 찬 서풍의 흐름에 드러난 하늘이 미소 지을 때면, 나는 종종 잠시 동안 침실로 가곤 한다. 그 벽에 걸려 있는 커다란 이탈리아의 지도를 보기 위해서다. 나는 열망의 눈빛으로 도면을 쫓는다. 포오 강과 아패닌 산맥을 넘어 녹색의 토스카나 계곡을 지나, 푸른빛과 노란빛이 서린 리비에라 만(灣)의 굴곡을 따라간다. 그리고 그 아래쪽의 시칠리아

그라우뷘덴 주(Graubünden): 스위스 동남부 끝에 위치한 알프스 산맥의 험준한 지역. 라인 강 상류가 있어서 분지가 많다.

에도 곁눈질을 하고, 콜푸 섬과 그리스 쪽에까지도 눈길이 헤맨다. 하느님! 그 모든 게 어쩌면 이토록 서로 가까이에 있습니까! 그리고 어디에든지 마음만 먹으려 얼마나 빨리 갈 수 있습니까! 나는 휘파람을 불면서 서재로 돌아와 아무 책이라도 읽고, 아무 문장이라도 쓰고, 그냥 아무 사색이라도 한다.

「여행의 즐거움」 중에서, 1910년)

노래하는 고향의 소녀

너 하얀 눈아, 너 차가운 눈아,
너는 먼 나라에 있는
내 애인의 갈색 머리 위에,
내 애인의 사랑스런 손 위에 내리느냐?

너 하얀 눈아, 너 차가운 눈아,
그 이도 역시 차갑지 않겠느냐?
말해다오, 그는 하얀 들판에 누워 있느냐,
아니면 어두운 숲속에?

너 하얀 눈아, 너 차가운 눈아,
내 애인을 가만히 두어라!
무엇으로 그의 머리를
그리고 그의 둔 눈을 덮고 있느냐?

너는 틀렸다, 너 차가운 눈아,
그는 죽지 않았다.

아마도 포로로 잡혀
물과 빵만 먹으며 지내리라.

사흘 밤낮으로 눈이 내리며

사흘 밤낮을 두고 끊임없이 눈이 내렸다. 눈송이가 작아 견딜만한 괜찮은 눈이었다. 그런데 간밤에 그 눈이 단단히 얼어버렸다. 매일 같이 집 앞의 눈을 쓸고 삽으로 치우지 않은 사람은 이제 얼어붙은 눈으로 둘러 싸여, 집의 입구와 지하실로 통하는 문, 그리고 지하실의 통풍창에 쌓인 눈을 치우려면 곡괭이를 사용해야 했다. 마을의 많은 사람들이 그런 처지가 되자, 그들은 무릎까지 오는 긴 장화를 신고, 벙어리장갑을 끼고, 목과 귀까지 털목도리로 감싼 채 불퉁거리면서 그들의 집 앞에서 서툴게 눈 치우는 작업을 하였다. 반면에 조용히 지내는 사람들은 혹한이 닥치기 전에 큰 눈이 내려서 겨울에 파종한 들판이 어는 것을 막아준 것을 기뻐하였다. 그러나 다른 데서와 마찬가지로 여기서도 조용히 지내는 사람들은 그 수가 얼마 안 되었다. 대다수 사람들은 너무나 가혹한 겨울에 대해 울며불며 욕을 해댔고, 서로 자기네가 입은 손해를 계산했으며, 비슷하게 혹독했던 다른 해에 겪은 끔찍한 일들을 이야기하곤 하였다.

그러나 마을 전체에 이 놀라운 날이 걱정과 분노를 불러일으키는 것이 아니라 오히려 기쁨과 광채, 그리고 신의 영광을 드러내는 날처럼 보인 사람은 두세 명밖에 되지 않았다. 어떤 사람은 될 수 있으면 집 안과 마굿간에 가 머물렀고, 부득이 외출해야 하는 사람은 머리와 온몸에 얼어붙은 천 조각을 둘러쓰고 나갔으며, 집안에 두고 온, 녹색 타일 사이로 부어 넣은 얼어붙은 나뭇조각이 이글이글 타고 있는 난로 곁의 의자로 돌아가고 싶은 간절한 마음밖에는 없었다. 그럼에도 불구하고 그 날은, 그 도시 사람들이 어떤 화가의 솜씨도 믿지 않을 만큼 가장 유쾌한 한 여름의 날보다도 훨씬 더 환호할 만하고, 더 푸르고, 더 찬란하게 빛나는 날이었다.

하늘은 끝없이 멀리까지 맑고 푸르렀으며, 숲은 두껍게 쌓인 눈 속에서 잠들고 있었다. 산들은 마치 번개처럼 번쩍 번쩍하거나 불그스레하게 빛나면서, 마치 동화 속처럼 긴 그림자를 드리우고 있었다. 그리고 그 모든 것 사이로, 근처에 있는 아직 얼지 않은 호수는 유리처럼 녹색을 띠고 거울처럼 맑게 비치고 있었다. 먼 곳은 눈처럼 희게 빛나는 좁고 긴 호수의 곶으로 둘러 싸여 짙푸른 색과 검은 색으로 보였다. 거기에는 헐벗은 포플러나무 둥치들이 일련으로 늘어서 추위에 떨고 있었다. 대기와 끝

<눈 덮인 호수 골짜기>

없이 펼쳐진 하늘 사이로 당당한 빛이 찬란하게 비쳐 내리다가, 눈이 쌓여 반짝이는 언덕이나 초원 위에 그리고 돌에 부딪칠 때마다 반사되어 두 배로 더 강하게 반짝이는 것이었다. 하얀 지면 위로 빛이 끊임없이 물결을 이루며 비치다가 숲과 먼 산에서는 그 주위에서는 황금빛으로 빛나면서, 대기 속에서 다이아몬드 색이나 무지개 색을 이루면서 아주 섬세한 빛을 발하는 것이었다. 그러다가 만족한 듯 초록빛을 띤 건너편 호수의 만에 핀 노란 갈대 위에서 조용히 부드럽게 쉬었다. 그러면서 오늘 이렇게 빛나는 날에 거기에 저항하는 모든 구석을 남김없이 밝은 빛으로 투사하려는 듯, 생겨나는 모든 그림자들을 부드럽고 푸르면서도 덧없는 것으로 만들었다.

그런 날에는 밤이 되리라고 믿기가 불가능하다. 그래도 마침내 석양이 지기 시작하면, 그 작열하던 광채가 서서히 사라지고 피로해져 어둠의 덮개를 찾는 경이로운 모습을 보게 된다. 그리고 이런 낮이 지난 뒤에 찾아오는 밤은 달이 뜨지 않더라도 완전히 어두워지는 법이 결코 없다. 또 눈이 내리는 날들이 긴 이유는, 순수한 겨울 하늘과 자유분방하게 비치는 빛이 우리를 왜소하면서도 기쁘게 만들기 때문이다. 그래서 우리는 또 한 번 지상이 창조의 광채로 빛나는 것을 보게 된다. 이때 우리는 또

한 번 시간을 의식하지 않고 어린아이처럼 지내고, 매 시간 그런 경이로움을 보고 놀라면서, 그것이 끝날 거라는 예상을 하지 못하는 것이다.

(「겨울의 광채」 중에서, 1905년)

겨울의 눈과 햇빛

우리가 지내고 있는 곳에는 거의 삼 주일 전부터 눈이 내리고 있습니다. 벌써 일 미터 이상 쌓였는데, 비록 눈 발이 조금 약해지기는 했으나, 아직도 내리고 있지요. 그리고 매일 같이 그 눈 위로 햇빛이 비치고 있습니다. 올 겨울의 몇 달 동안 이곳 지역의 기후는 그대로 유지되고 있습니다. 이곳이 북쪽 지방과 차이가 나는 것은 훨씬 더 따뜻하기 때문이 아니라, 훨씬 더 많이 빛이 내리쬐고 있기 때문입니다.

「아니 레벤부르첼에게 보낸 편지」 중에서, 1933년 2월 4일)

꽃들은 말이 없다

꽃들은 말이 없이 슬픔에 잠겨 있다,
내 소년 시절의 모든 사랑과
행복과 청춘이 무덤 속에 들어간 이후로.
하늘은 울고 있고, 아주 먼 곳에
창백한 별들이 외롭게 깜박이다가,
이내 잿빛 속으로 가라앉는다.

노래마저도 죽었고,
황금의 현(絃)들은 처음 찾아온
짓궂은 겨울의 혹한에 망가졌다.
나무 우듬지들이 조용히 흔들리고,
어두운 산 정상 위로
얼음장 같은 북동풍이 거칠게 몰아친다.

노래와 웃음은 사라지고,
옛날 나에게 노래를 들려주던 집은
소리 없이 저기 깊은 고요 속에 서 있다.

검은 나무들은 슬프게 흔들리고,
밤꾀꼬리는 날아가 버렸으니,
이제 내 가련한 마음이여, 너도 부서져라!

첫눈이 내린 고요한 겨울 풍경

어느 날 아침 골트문트는 날이 샌 뒤에 그의 잠자리에서 깨어나 얼마 동안 생각에 잠긴 채 누워 있었다. 꿈속에 본 영상들이 두서없이 아직도 그를 둘러싸고 있었다. 그는 어머니와 나르치스의 꿈을 꾸었는데, 두 사람의 모습이 아직도 뚜렷이 보이는 듯하였다. 뒤얽힌 꿈의 실마리에서 벗어나자 특이한 빛이 그의 몸 위로 내리쬐었다. 독특하게 오늘은 작은 창문 구멍을 통해서 들어오는 밝은 빛이었다. 그는 벌떡 몸을 일으켜 창가로 갔다. 거기에서 그는 창문의 돌림띠 장식과 마굿간 지붕, 마당 입구와 저 너머의 풍경 전체가 금년 겨울에 내린 첫눈에 뒤덮여 푸르스름하고 하얗게 빛나는 것을 보았다. 그의 마음속에 일어나는 불안과 고요히 순응하는 겨울 세계의 대조된 모습이 그를 당황하게 했다. 얼마나 조용히, 얼마나 감동적으로 경건하게 논밭과 숲, 언덕 그리고 황무지가 태양에게, 바람에게, 비에게, 기근에게, 그리고 눈에 자신을 맡기고 있는가! 단풍나무와 물푸레나무는 얼마나 아름답고 부드럽게 그들의 겨울 짐을 지고 있는가! 사람은 그들처럼 될 수 없었던 것일까? 사람은 그것들로부터 아무것도 배울 수 없었던 것일까?

(『나르치스와 골트문트』 중에서, 1927/29년)

<꿈에 그리는 마을>

클링조어가 에디트에게

오늘 나는 그대에게 노래를 한 곡 들려주리라,
겨울 저녁에 나직하게 현을 뜯으며,
녹음 짙던 시절의 노래를.
그때는 숲의 밤이 부드럽게
사랑의 나뭇잎 속삭임으로 우리를 받아주었다.
석양 속에서 나직하게 나의 노래는
잊혔던 길들을 가만가만 찾아간다.
아, 결코 잊지 못할 길들이여,
그곳에서 나는 클링조어의 비밀스런 월계관을 쓰고,
휘황하게 빛나는 칠월의 달 빛 속에서
경건하게 신들에게 포도주와 사랑을 바쳤었다.
너희들은 모두 죽었느냐, 그 매혹적이던 시절의
다정했던 모습들이여?

그래, 너희는 죽었고, 너희는 시들어 갔다! 그러나 나는
살아 있다. 다음에 몰아치는 폭풍이 내 머리에서
너희의 타고 남은 재를, 내 마음에서 베일을 벗겨 채가

면,
월계관이 빛나고, 모든 별들도 새로이 빛나며,
불어난 숲들은 나의 이름과 나의 사랑을
그대에게 소리쳐 알려주리라.

어느 먼 겨울날의 썰매타기

수업이 없던 어느 겨울날, 우리는 함께 교외로 나갔다. 일고여덟 명의 젊은이들이었는데 그 중에는 리디와 세 명의 여자 친구도 있었다. 우리는 당시에 아이들이 갖고 놀기 좋아하는 스포츠용 썰매도 갖고 가서, 도시 주변의 산이 있는 곳에서 썰매 타기 좋은 길이나 초원의 비탈을 물색했다. 나는 그 날을 분명히 기억한다. 적당히 추운 날씨였고, 이따금 십여 분 정도 햇볕이 나곤 하였으며, 세찬 공기에서는 눈이 내릴 것 같은 좋은 냄새가 났다. 색색의 옷을 입고 머리 수건을 걸친 하얀 땅 위에 서 있었고, 차가운 공기는 우리를 취하게 만들었다. 이런 신선한 공기 속에서 격렬히 움직이는 것이 재미있었다. 우리 작은 무리는 아주 기분이 좋았다. 이런 저런 이름의 아이들이 이리저리 날듯이 뛰어 다녔고, 눈을 굴려 서로 때리면서 작은 눈싸움도 벌였다. 마침내 모두가 열이 나고 눈을 잔뜩 뒤집어쓰게 되면 잠시 숨을 돌렸다가 다시 싸움을 시작하곤 하였다. 눈으로 커다란 산을 쌓고 그것을 포위하여 무너뜨리곤 하다가, 그 사이 여기저기서 우리는 작은 초원의 비탈을 썰매를 타고 내려가기도 하였다.

정오에, 그런 소동을 벌이느라 한껏 배가 고파진 우리는 어느 마을을 찾아가 멋진 음식점으로 들어가 이것저것 음식을 지지고 볶게 시켰다. 그리고는 피아노를 치고 노래하면서 포도주와 럼주를 주문했다. 음식이 나오고 분위기가 축제처럼 무르익었다. 좋은 포도주를 풍족하게 마셨고, 그런 뒤에 우리가 리큐어*를 맛보는 동안 여자들은 커피를 마셨다. 그 작은 음식점에서 소리가 난무하고 축제 때처럼 소란이 이는 바람에, 우리는 머리가 빙빙 돌았다. 나는 언제나 리디 가까이에 있었는데, 그녀는 오늘따라 기분이 좋아서 특별한 호감을 보여주고 있었다. 이처럼 아주 재미있고 흥청거리는 분위기 속에서 그녀는 아주 화사한 모습이었고, 그녀의 예쁜 눈은 반짝이면서 반쯤 총명하고 반쯤 불안한 듯한 부드러움을 보여주고 있었다. 벌칙 놀이가 하나 시작되었다. 거기서 벌칙을 받은 사람은 피아노 옆에 서서 우리 학교 선생님들 가운데 한 명을 흉내 내야 벗어날 수 있었다. 어떤 사람은 키스를 해야 했는데, 그때 다른 사람들이 그 키스하는 모습과 횟수를 자세히 관찰한 후에야 벗어나게 해 주었다.

---

* 리큐어(Likör): 증류수나 알코올에 단 맛이 하는 향미료 등을 넣어 섞은 술.

우리가 열에 들떠 떠들면서 그 집을 떠나 집으로 돌아
갈 때는 아직 이른 오후였지만, 벌써 조금 해가 기울기
시작하고 있었다. 다시 우리는 마치 생기발랄한 아이들
처럼 눈 위에서 마구 날뛰면서, 서두르지 않고 조용히 다
가오는 저녁을 맞으면서 시내로 돌아갔다. 나는 리디의
옆에 서서 가는데 성공했다. 내가 감히 그녀의 기사인 척
하자 약간 다른 아이들의 반감을 샀다. 나는 내 썰매를
타고 달려가면서 군데군데 그녀를 잡아 이끌었고, 매번
눈을 던져 공격해오는 것을 온 힘으로 막으면서 그녀를
보호했다. 마침내 그들은 우리를 그냥 놔 주었고, 여자
아이들도 모두 자기 짝을 찾았다. 다만 짝을 못 찾은 두
명의 신사만이 옆에서 조롱해대고 공격적으로 장난을 치
면서 함께 달려갔다. 나는 그 때처럼 그토록 흥분하고 멋
지게 사랑에 빠진 적이 없었다. 리디는 내 팔을 붙잡고,
가면서 내가 그녀를 약간 내 쪽으로 끌어당겨도 그냥 참
았다. 그러면서 그녀는 날이 저물어 갈 때쯤 말이 많아지
는가 하면 이내 침묵을 지키곤 하면서 내 옆에 있어 주었
다. 나는 열에 들떠 있었고, 이 기회를 힘껏 이용하기로,
아니 최소한 이 기분 좋고 달콤한 상태를 가능하면 오랫
동안 붙들고 있어야겠다고 결심했다. 시내에 들어서기
조금 전에 내가 길을 우회하여 멋진 언덕길로 굽어들었

을 때도 그것에 반대하는 사람은 아무도 없었다. 그 길은 골짜기 위쪽으로 가파르게 반원을 그리면서 통해 있었고, 강이 흐르는 골짜기와 이미 가로등들에 불이 켜져 반짝이고 깊은 곳에서 수천 개의 붉은 빛들이 반짝이는 도시가 내려다보이는 넓은 전망을 갖고 있었다.

리디는 여전히 내 팔에 매달려 있으면서 내가 열에 들떠 이야기하는 것을 그냥 웃으면서 받아들였다. 그녀 자신도 몹시 흥분해 있는 것 같았다. 그러나 내가 약간 힘을 주어 그녀를 내 쪽으로 끌어당겨 키스하려고 하자, 그녀는 내 팔을 놓고 펄쩍 옆으로 비껴서는 것이었다.

"봐요!"라고 그녀는 숨을 들이쉬며 외쳤다. "우리 저 아래 초원으로 썰매를 타고 가야 해요! 아니면 무서운가요, 신사분?"

나는 아래를 내려다보다가 깜짝 놀랐다. 비탈이 너무 가파르게 나 있어서 나는 정말 한 순간 대담하게 썰매를 타기에 겁이 났던 것이다.

"그건 안 돼요."라고 나는 간단히 말했다.

"이미 너무 어두워졌어요."

즉시 그녀는 조소와 화가 난 표정으로 나를 대하더니 나를 겁쟁이라고 부르고는, 만약 내가 함께 가는 게 겁난다면 자기 혼자서 그 비탈을 내려가겠다는 것이었다.

"물론 우리는 넘어지겠지요."라고 그녀는 웃으면서 말했다.

"하지만 그게 썰매를 탈 때 가장 재미있는 거잖아요."

그녀가 나를 몹시 자극하자 하는 한 가지 생각이 떠올랐다.

"리디." 내가 나직하게 말했다. "우리 가요. 만약 우리가 넘어지면 당신은 내 몸에 눈을 잔뜩 발라도 돼요. 하지만 만약 우리가 미끈하게 아래로 잘 내려가면, 나도 내 보상을 받고 싶어요."

그녀는 그냥 웃더니 썰매에 몸을 실었다. 나는 그녀의 눈을 들여다보았다. 그것은 재미있다는 듯이 온화하게 반짝이고 있었다. 나는 앞쪽에 앉아서 그녀에게 내 몸을 꼭 끌어안으라고 하고는 달려 나갔다. 그녀가 두 손을 내 가슴에 깍지 끼고 나를 꽉 붙잡고 있는 것이 느껴졌다. 그녀에게 뭐라고 더 외치고 싶었으나 이제 더 이상 그럴 수 없었다. 그 달리는 구간이 너무나 가팔라서 허공으로 구를 것만 같은 느낌이었다. 곧바로 나는 멈추거나 구르려고 땅바닥에 두 발꿈치를 대려고 했다. 갑자기 리디 때문에 가슴 속에 덜컥 겁이 났기 때문이었다. 하지만 때는 이미 늦었다. 썰매는 멈추지 않고 쏜살같이 산 아래로 질주해 내려갔고, 눈가루가 막 솟구치면서 내 얼굴을 때렸다. 그때 리디가 두려움에 소리치는 소리가 들렸으나, 그 소리도 더 이상 들리지 않았다. 마치 대장간 망치로 맞은 것 같은 엄청난 충격이 내 머리에 와 닿았고, 어딘가에 엄청난 통증이 느껴졌다. 내가 마지막으로 느낀 것은 추위였다.

이 짧았지만 멋있었던 썰매 타기 놀이로 나는 내 젊은 시절의 즐거움과 어리석음의 대가를 치렀다. 그 후에는 다른 많은 일들과 마찬가지로 리디에 대한 나의 사랑도 완전히 식어버렸다.

그 사고 때문에 일어난 혼란과 불안함에서 나는 벗어났다. 다른 사람들에게는 그것은 고통스런 시간이었다. 그들은 리디가 소리지르는 것을 듣자 위에서 아래의 어둠 속을 향해 웃음과 조소를 퍼 부었으나, 마침내 뭔가 나쁜 일이 생겼다는 것을 깨닫고는 아래로 힘들게 내려왔다. 그리고는 한참 후에야 소란스러움과 경솔함에서 벗어나 리디의 얼굴이 창백하고 반쯤 정신을 잃은 것을 알아차렸다. 하지만 그녀는 부상을 입은 데는 없고, 다만 그녀의 장갑이 찢어지고 그녀의 섬세한 손에 상처가 나 피가 흐르고 있을 뿐이었다. 그들은 나를 마치 죽은 사람처럼 실어 날랐다. 썰매와 내 몸이 부딪쳐 망가지고 뼈가 상한 사과나무와 배나무는 내가 나중에 다시 찾아보려

했으나 허사였다.

　사람들은 내가 뇌진탕에 걸렸을지 모른다고 생각했으나 상태가 그리 나쁘지는 않았다. 머리와 뇌가 충격을 받았고 내가 병원에서 다시 깨어나기까지는 매우 오래 걸렸으나, 상처는 회복되고 뇌도 정상으로 돌아갔다. 반면에 누차 충격으로 부러진 왼쪽 다리는 다시 정상으로 회복되려 하지 않았다. 그 후로 나는 신체장애자가 되어, 달리거나 춤을 추기는커녕 더 이상 제대로 걷지 못하고 절룩거리게 되었다. 그로써 나의 청춘은 뜻밖에도 조용한 인생길로 접어들었다. 나는 그 길을 가는 것이 창피하고 저항감이 들었다. 그러나 어쨌든 나는 그 길로 들어섰다. 그래도 때때로 그 날 저녁의 썰매타기와 그런 결과가 내 인생에서 일어나지 않았더라면 하는 마음은 들지 않는다.

(『게르트루트』 중에서, 1910년)

겨울밤

불꽃이 난로 속에서 파닥거리고,
창문 앞은 잿빛에 눈송이가 날린다.
피로해진 저녁의 슬픔 속으로
사라진 여름의 메아리가 스쳐간다.

내 어린 시절을 지금 나는 생각하니,
오랫동안 잊혔던 동화 속의 소리가 깨어나,
종소리 울리고 은색 신을 신은
아기 예수가 하얀 밤 속을 걸어간다.

구세주

매번 다시 그는 사람으로 태어나,
경건한 사람들에게, 귀먹은 사람들에게 말하며,
우리에게 가까이 다가왔다가 새로이 우리에게서 잊혀져
간다.

매번 다시 그는 외롭게 혼자 빼어나
모든 형제들의 고난과 동경을 짊어지고,
매번 새로이 십자가에 못 박힌다.

매번 다시 신은 자신을 계시하려 하고,
천상의 것은 죄의 골짜기로,
영원한 것은 정신의 육체 속으로 흘러 들려 한다.

매번 다시, 지금 같은 때에도
구세주는 돌아다닌다, 축복하기 위해서,
우리의 불안과 눈물, 의문, 한탄을
고요한 눈빛으로 마주하기 위해서.

우리는 그를 감히 마주하지 못하니,
오직 어린아이의 눈빛만이 그를 견딜 수 있는 것이다.

성탄절 전야의 쇼윈도

성탄절에 대해서는 나는 원래 이야기하기를 즐겨하지 않는다. 한편으로 그 멋진 말은 유년 시절의 전설의 샘으로부터 아주 깊고 성스러운 추억을 상기하면서, 그 황금 같던 인생의 아침과 같은 초년의 영상 속에서 매혹적으로 반짝이기 때문이다. 그것은 구유, 별, 아기 그리스도, 목자들과 동방박사들의 경배 같은 부서질 수 없는 성스러운 상징들로 빛난다! 또 한편으로 성탄절은 온갖 시민적인 감상주의와 거짓이 섞인 선물 책자의 총체이며, 야만적인 상공업의 축제를 벌이고 백화점들에 수많은 휘황찬란한 상품들이 진열되는 계기가 되고, 라크 칠한 함석제품 냄새와 소나무 잎 냄새가 난다. 전축 냄새, 지칠 대로 지쳐 몰래 욕을 퍼붓는 짐꾼과 우편배달부들 냄새, 시민들의 집 안에 잘 꾸며 놓은 나무 아래로 옮겨 놓은 축제 분위기 냄새, 신문의 호외 냄새, 광고업 냄새 등, 간단히 말해 내게는 모두 싫고 역겨운 수천 가지 것들의 냄새가 난다. 그리고 만약 그 모든 것들이 구세주의 이름과 우리의 감미로왔던 옛 시절의 추억을 그토록 오용하지 않았더라면 훨씬 더 무관심하고 우스꽝스럽게 느껴졌을 것이다.

그러니 이제 성탄절에 대해서는 더 이상 이야기하지 말자. 그러다보면 정말 당황스런 일이 많이 발생할 것이다. 예컨대, 나는 내 여자 친구에게 무엇을 선물해야 할지, 그리고 요리사에게 이십 마르크를 지불하는 것이 맞는 지도 모를 것이다. 그리고 또 친구 S.군에게도 작년처럼 나한테 그처럼 비싸면서도 괴상하고 소용없는 선물은 다시 하지 말라고 막아야 할지도 모른다! 그렇지 않으면, 성탄절에 대해 생각하는 것을 완전히 피할 수 없다면, 나는 차라리 오늘날에도, 실망을 맛본 외로운 사람으로서 정말로 순수한 성탄절의 기쁨에 대해 생각해보고 싶다. 내가 옛날 소년 시절에 내 친구 몇 명에게 주려고 직접 손으로 만들곤 했던 그런 성탄절 선물을 만들 때의 기쁨에 대해서 말이다. 그것은 손으로 새로 쓴 시들이 담긴 작은 공책, 풍경화나 그런 종류의 것들을 그린 종이 선물들이었다.

이제, 온갖 거역스럽고 당황스런 느낌이 들기도 하지만 그래도 나는 이렇게 말하지 않을 수 없다. 즉, 십이월에 들어와 상점들이 늘어선 거리들에 우울하고 베일에 쌓인 듯 흐렸던 오후가 지난 뒤에 불빛이 빛나기 시작하고, 상점 쇼윈도들에서 나오는 찬란한 불빛들이 축축하거나 눈이 쌓인 아스팔트 위로 떨어져 내려 거리가 어딘지 축제처럼 활기를 띠는 저녁이 되곤 하는 며칠 동안은, 이처럼 겉으로는 밝은 모습을 지닌, 열광적으로 돌아가는 거짓된 성탄절의 분주함이 나에게 사실 어느 정도 재미를 주기도 한다. 그래서 나는 그럴 때 여느 때 같으면 피했던 그 도심의 거리를 한 시간 동안 돌아다니면서, 밝게 불빛이 비치는 상점들 앞으로 지나가면서 구경하는 데 사로잡힌 채 한 시간 동안 배회할 수 있다. 그럴 때 나는 마치 바그다드의 칼리프의 아들이 되어 마치 오랫동안 모험 여행을 떠나 죽음의 위협과 무서운 감옥에 잡혀 있다가 도망쳐 먼 동방의 어느 밝은 빛으로 빛나는 도시에 도착해, 황홀한 느낌에 호기심이 생겨 그곳 상인들의 시장에서 나는 소란함 속으로 섞여들어 가는 것 같은 기분이 된다.

생각에 잠기면 이런 기분을 견뎌내기 힘들다. 그래서 이렇게 저녁에 배회하는 시간에는 바로 생각해야 하는 것에서 벗어난다. 하지만 그러면서도 이따금 조금씩은 생각을 하고 나 자신을 관찰하다보면, 매번 확실히 (어떤 때는 우습기도 하고, 어떤 때는 곤혹스럽기도 한데), 약간은 머리가 희어지고, 안경을 쓴 온화한 얼굴을 가진 나이 오십

줄에 든 내가, 근본적으로는 내 심정에는 익숙하지 않게 어린아이로 남아 있거나 다시 어린아이가 된 것을 발견하고 놀라곤 한다. 그것은 이처럼 풍성하고 밝게 빛나는 쇼윈도들이 내게 미치는 영향과 눈에 띠는 어떤 갖고 싶은 물건들이 있는지 주목하다 보면 알아차리게 된다. 그럴 때, 내 마음에 들고 나를 유혹할 수 있는 물건들은 거의 대개가 내가 유년시절이나 갓 청년기에 갖고 싶었던 것과 같은 것들이라는 것을 인지하게 된다.

사실 이처럼 넘쳐나 마치 아우성을 치는 듯한 상품들 가운데 나 자신을 위해 바람직한 것은 몇 개 안 되며, 새로운 기술이 만들어 낸 것들은 내게는 끔찍하게 냉기를 풍긴다. 그런 쇼윈도들 앞에도 여전히 호기심을 갖고 뭔가 바라는 사람들이 서 있는 것을 보면 놀랍다. 나 같으면 그런 쇼윈도 안을 들여다보면서도 지루해하고 걸음을 늦출 생각은 전혀 나지 않을 것이다. 예를 들면 코닥 카메라, 전축, 스포츠 용구, 라디오 등을 파는 상점들이 그런 것이다. 만약 이 모든 상점들에서 내가 갖고 싶은 아무것이라도 고르도록 허락하는 특허장이 있다 해도, 나는 그것을 내던져 버리고 가던 길을 계속 갈 것이다. 정교한 회중시계, 멋진 면도기, 반짝이는 현미경, 멋진 실내용 영사기, 이런 것들 중 어느 것도 내게는 포장지만큼의 가치도 없는 것이다.

반면에 서점에 진열된 것들은 다르다. 이 구역에서는 충분히 사치에 젖어 있고 너무 많이 사들이기도 했지만, 나는 좋은 서점 앞에서는 거의 언제나 가던 걸음을 조금 멈춰 선다. 그리고 그런 정신적인 것을 파는 시장과 동료 작가들의 이름, 출판업자들의 찬사 같은 것만이 내 관심을 끄는 것이 아니라, 이러한 책들을 만드는 재료, 예를 들면 가죽 표지, 멋진 영국 산 아마포, 멋진 색으로 물들인 양피지, 서류철로 만든 거친 범포(帆布) 것도 역시 내 흥미를 끌고 나를 유혹한다. 사실, 책 세상 속에서도 전체적으로 수준은 보통이지만 몇몇 반가운 현상들을 매번 다시 발견할 수 있다.(…)

이런 서점들이 내가 젊은 시절에 가졌던 많은 영감과 욕구들을 회상하게 해 준다면. 다른 영상들은 훨씬 더 과거로 나를 이끌어 준다. 사실 나는 그 과거를 먼저 언급했어야 한다. 책들에 관한 이야기는 비록 거짓말을 한 것은 아니나, 사실 거기에는 약간 미화시킨 것도 있다. 내가 가장 강한 인상을 받았고, 가장 따뜻한 체험과 가장 강한 소망을 가졌던 것은 다른 쇼윈도와 상점들에서였다. 나는 어린아이다운 놀라움과 원시적인 즐거운 마음으로 유혹적인 먹을 거리 상품들, 그것도 주로 어린아이들이 가장 좋아하는 사탕들을 바라본다. 여행 중인 칼리프의 아들은 큼직한 초콜릿 봉봉, 머랭*과 초콜릿 거품이 가득 담긴 접시들을 바라보고 있으면 어린아이의 강한 욕구가 되살아난다. 그리고 코닥 카메라와 스피커들을 진열해놓은 것보다 훨씬 더 시적인 다른 쇼윈도들에서는, 비록 소시지를 먹어본 지가 언제인지 기억이 안 나지만, 오동통한 소시지 덩어리, 조용히 매달려 있는 마른 살라미, 은박에 말아서 비스듬히 잘라 낸 간 소시지들이 나를 유혹한다. 그것들 중 대개는 내가 결코 사지 않을 것이고, 대개는 전혀 먹지도 않고 소화시킬 수도 없을 것들이다. 왜냐하면 소시지는 낙관주의자들의 음식이어서, 그것들을 바라보면 끌리기는 하지만 부유함과 풍족한 삶을 상상하게 해주기 때문이다. 아, 사실 말아 놓은 작고 부드러운 햄, 예쁘게 썰어 놓은 귀한 햄은 나를 유혹하기는 한다. 내가 그것을 과연 사지 않을지 누가 알랴. 그러는 사이에 다음 상점은 더 값진 상품들로 내 감각을, 오감을 자극한다. 마치 커다란 외국의 보석들처럼 설탕을 친 과일들이 매혹적인 색깔을 띠고서 반짝거리고 있다. 배, 복숭아, 유향수(乳香樹) 열매, 올리브, 파인애플 등. 그

---

* 머랭(meringue): 달걀 흰자위와 설탕을 섞어서 구운 과자.

중 어떤 것도 나는 사지 않을 것이고, 그 중 어떤 것도 나는 소화시킬 수 없으리라. 설탕을 친 과일은 비록 낙관주의자들의 특별한 먹을거리는 아니지만, 여자들과 젊은이들에게는 그러하다. 그러나 보호받을 필요가 있고, 위가 약해서 조금 고통스러워하는 반늙은이에게는 아니다. 계속해서 걸어가라, 매혹당한 눈이여!

보온주머니, 보온베게, 침대 보온주머니 등등의 물건을 파는 상점이 가까워지는데, 거기에 주목할 이유가 있지만 나는 그냥 냉정하게 지나친다. 반면에 이제 몇 군데 제대로 된 약국들이 나를 사로잡는다. 그곳은 내가 바라보기를 좋아하는 대목 시장이다. 그리고 여기서 보이는 배금주의의 상징인 학문과 산업의 결속을 나의 이성은 빈정대는 식으로 바라보기는 하지만, 그래도 이 색색의 약병들과, 예쁘장하고 비단처럼 부드러운 포장과 약상자들에서 전도유망한 명칭들을 흥미를 갖고 재미삼아 읽어본다. 그 중 다수는 사어가 된 고약한 그리스어로 되어 있다. '더 이상 통풍은 없음!'이라고 타원형 유리통에 쓰여 있다. 그러나 이 약통의 '당신은 신경통입니까?'라는 광고용 포스터에도 나는 개의하지 않는다. 그런 어색하기 짝이 없는 질문이 나는 혐오스럽다. 그에 반해 여기 저기 유리관 속, 작은 병들 속, 상자들 안에 좋은 친구들이 들어 있는 것이 보인다. 내가 잘 알며 존중하는 것들로, 몇 개 골라서 여행 가방 안에 넣어 두는 것도 좋다. 이름 같은 것은 부르지 않는다. 지금껏 어느 화학 공장도 나에게 비평용 기증본을 보내준 적은 없다.

축제 분위기를 띤 상점들이 환하게 빛을 발하고 있다. 내가 가다가 때때로 멈춰 서는 상점들에는 두 종류가 있다. 그러나 밖의 진열품 때문이 아니라, 그런 물건들에 끌려 서 있는 사람들을 바라보기 위해서이다. 그것은 아이들 장난감을 사는 상점들, 우아한 여자들이 옷, 장식, 머리, 피부, 손톱발톱을 위해 필요한 것들을 사는 상점들이다. 거기서는 종종 원시적인 갈망으로 활활 타는 아름다운 눈들이 보인다. 그것을 바라보면서 사람들은 세상에는 사람들이 필요한 것을 직접적인 경로가 아니라 이런 간접적인 경로를 통해 인식할 수 있는 산업 분야들이 있다는 것을 확인하고서 즐거워한다.

그러나 나는 찾았던 오래된 코냑과 고급 와인 제품이 진열되어 있는 비밀스런 쇼윈도 앞에 서게 될 때 나의 갈망은 가장 직접적인 길로 접어든다. 또 담배와 여송연, 은박지로 싼 묵직하고 굵은 수입품들, 검고 좋은 브라질산 여송연, 예쁘장하고 밝은 네덜란드산, 맛좋은 마닐라 산이 유혹하는 반짝이는 쇼윈도 앞에 서 있을 때도 그렇다.

또 아주 초년시절부터 나에게 그 매력이 사라지지 않은 또 한 종류의 상점이 있다. 바로 종이, 연필, 펜, 물감, 수채화 팔레트, 자, 컴퍼스, 스케치용 목탄을 파는 상점들이다. 그 앞에서 나는 오랫동안 멈춰 선 채, 멋진 파리 산 또는 런던 산의 수채화물감 컬렉션이나, 고급스런 코이누르 색연필*, 시베리아 산 석묵(石墨)이 들어 있는 상자, 말아 놓았거나 펼쳐놓은 고급스런 종이들에 마음을 빼앗기고 있었다. 손으로 뜬 부드러우면서도 질긴 그런 종이 백 장을 누가 선물로 준다면, 아마 나는 그 유혹에 끌릴 것 같다!

그러나 걸어 다니다 보니 마침내 발이 차가워졌고, 물건을 사는 것은 다른 때도 시간이 있다. 아, 친구 S군이 성탄절에 나에게 코닥이나 난초 한 바구니만 선물해준다면!

(1927년)

---

* 코이누르 색연필(Kohinoorstifte): 오스트리아의 유명한 연필 상표.

성탄절 저녁

어두운 창가에 나는 오랫동안 서서
하얀 도시를 바라보았다.
그리고 종소리가 지금 사라질 때까지
귀를 기울였다.

지금 고요하고 순수한 밤이
꿈결처럼 서늘한 겨울의 빛 속에서,
창백한 은빛 달의 보호를 받으며
나의 고독을 들여다본다.

성탄절이다! 깊은 향수가
내 가슴 속에서 외치며 비탄에 젖어
저 머나 먼, 고요했던 시절을 생각한다,
나에게도 성탄절이 와 주었던 시절을.

그 후로 어두운 열정에 넘쳐
나는 지상을 이리저리 헤매며 달렸다,

쉬지 못하고 방랑하며
지혜를, 황금을, 행복을 좇아서.

이제 나는 지치고 패배한 채
내 마지막 가는 길의 길가에서 쉬고 있다.
그리고 멀리 푸르른 곳에는
고향과 청춘이 꿈처럼 놓여 있다.

성탄절 방학을 맞이하여

떡갈나무, 오리나무, 너도밤나무 그리고 버드나무에는 서리와 언 눈이 기묘한 형태로 부드럽게 매달려 있었고, 커다란 연못들에는 추위 때문에 투명한 얼음이 삐걱삐걱 소리를 냈다. 회랑의 안마당은 조용한 대리석 정원처럼 보였고, 교실에는 축제 같은 흥겨운 분위기가 감돌았다. 성탄절에 대한 기대에서 나온 즐거움은 흠잡을 데 없이 근엄한 두 분 교수에게까지 온화하고 경쾌한 흥분을 띠게 했다. 교사와 학생들 가운데 성탄절을 아무렇지도 않게 생각하는 사람은 아무도 없었다. 하일러의 심술궂은 가여운 모습도 누그러졌고, 루치우스는 방학 때 어떤 책을 가지고 어떤 신발을 신고 갈까 하고 궁리에 잠겼다. 집에서 온 편지들에는 원하는 물건이 무엇이냐는 질문과, 과자를 굽는 날에 대한 소식, 머지않아 즐거운 일들이 닥쳐오리라는 것에 대한 암시와 다시 만날 것에 대한 기쁨 등, 충분히 예상할 만한 멋진 이야기들이 쓰여 있었다. 방학을 맞아 귀향하기 전에 학생들은, 특히 헬라스 방 학생들은 조촐하게나마 명랑한 분위기를 맞이할 수 있었다. 어느 날 저녁, 가장 큰 방인 헬라스 방에서 선생님들을 성탄절 축제에 초대하기로 결정이 내려진 것이다. 축사, 낭송, 플롯 독주, 바이올린 이중주가 준비되었다. 그러나 프로그램에 희극 같은 것도 하나 끼어야 할 것 같아서, 서로 의논도 하고, 계획을 세우기도 하고 취소하기도 했으나, 좀처럼 의견이 모아지지 않았다. 그때 칼 하멜이 나서서 무심코 에밀 루치우스가 바이올린 독주를 한다면 가장 재미있을 거라고 말하자, 그 안이 통과되었다. 사정하기도 하고 여러 가지 약속과 협박까지 동원한 끝에 겨우 가련한 루치우스를 설득했다. 정중한 초대장과 함께 선생님들에게 보낸 프로그램에는 특별 프로로 다음과 같은 내용이 씌어 있었다.

"고요한 밤, 바이올린을 위한 가곡, 실내악의 명악사 에밀 루치우스의 연주"

실내악의 명악사라는 칭호를 얻은 것은 멀리 떨어진 음악실에서 그가 부지런히 연습을 한 덕택이었다.

교장, 교수, 조교수, 음악 교사, 조교 등이 초대되어 축하연에 참석하였다. 루치우스가 하르트너에게 빌려 다린 검은 예복을 입고 머리를 다듬고 얼굴에는 부드러운 미소마저 띤 채 등장하자, 음악 교사의 이마에는 식은땀이 맺혔다. 그가 허리를 숙여 인사하자 벌써 즐거운 분위기가 살아났다. 가곡 〈고요한 밤〉은 그의 손가락 끝에서 몹시 탄식에 젖고 고통에 젖어 신음하는 듯한 노래로 바뀌고 말았다. 그는 처음 부분을 두 번이나 되풀이하고, 곡조를 제멋대로 바꾸고 끊는가 하면, 연주를 하면서 발로는 마치 혹한에 일하는 나무꾼처럼 힘주어 박자를 맞추는 등 곡을 엉망으로 만들었다.

교장선생님은 분노를 못 이겨 얼굴이 창백해진 음악 선생님을 바라보며 즐거운 듯 머리를 끄덕였다.

그 가곡을 세 번째 되풀이해서 시작하던 루치우스는 이번에도 막히자 바이올린을 내리고는, 청중을 향해 변명을 했다.

"잘 되지 않는군요. 하지만 이번 가을부터 겨우 바이올린을 시작했습니다."

"잘했다, 루치우스" 교장 선생님이 외쳤다.

"우리는 너의 노력에 감사한다. 그렇게 계속해서 배우도록 하여라. 험한 길을 거쳐야 별에 이르는 법이니까!"

(『수레바퀴 아래서』 중에서, 1905~1906년)

구세주의 탄생일

지금 그대는 하얀 천사들이 미소 지으며 보살피고
우리가 향수를 느낄 때만 가까이 가는,
귀여운 표정으로 구유에 누워 있는
금발의 아기가 아니다.

지금 그 고요한 눈에서 승리의 빛이 나오고,
세상과의 싸움에서 이긴 자신의 업적의 대가를
조용히 자신의 피로 치르는
그대는 우리에게 성인남자이며 영웅이다,

<산의 오두막>

성탄절에

전쟁*이 시작된 후로 네 번째로 다시 아기 예수가 온다. 그리고 여러 징조가 전쟁이 끝나리라는 것을 말해주지만, 그것이 아직도 얼마나 더 계속될지 오늘로서는 예상할 수가 없다.

어떤 형태로든 전쟁의 희생자가 된 모든 사람들, 특히 적국에 포로로 잡힌 많은 사람들은 이번 성탄절을 슬픔의 축제로 치를 수도 있다. 즉 잃어버린 많은 것들에 대한 추억, 고향과 유년시절, 평화와 평화의 행복에 대한 추억의 축제로. 그리고 그들에게 있어서는 성탄절의 복음이 찬미하는 "지상에 평화를"에 대한 소망이 깊은 울림으로 들려올 것이다.

한편으로 우리는 성탄절이 단지 아이들의 축제가 아니며, 예수의 탄생을 알리는 천사들의 음성이 단지 아이들을 위한 아름다운 음악도 아니고 단지 억압받은 사람들을 위한 애수에 찬 위로도 아니라는 것을 잊지 말아야 한다.

---

* 1914년에 독일과 오스트리아가 함께 일으킨 제1차세계대전을 가리킨다.

성탄절이 우리에게 가져오는 것은 그것이 아무리 아름답더라도 단지 동화 같은 것이 되어서는 안 되며, 성탄 트리가 휘황찬란하게 반짝이고 아이들이 노래하는 것만이 되어서는 안 된다. 아주 수많은 신앙고백에서 아주 다양하게 표현되었던 그리스도에 대한 생각은, 우리들 각자를 위해서도 우리들 자신에 의해 매번 다시 새로운 숭고한 동기이자 본질적인 경고로서의 가치를 지닌다. 누구나 세계의 구원에 대해 각자 자신이 생각하는 이미지를 갖고 있더라도, 누구에게나 중요하고 의미 있는 것은 무엇보다도 사랑을 통해 구원하려는 생각이다. 이러한 구원을 찾는 일은 단지 성탄절에 천사들의 합창을 통해서만 우리에게 상기되지는 않는다. 그렇게 하도록 위대한 사상가, 시인 그리고 예술가들의 목소리가 우리에게 외치면서 상기시킨다. 그리고 이 모든 목소리들의 깊은 가치는, 오로지 그것들이 모든 사람들의 가슴 속에 살아 있는 하나의 현실, 하나의 길, 하나의 가능성을 알려준다는 데 있다.

그러므로 성탄절은 모든 축제와 마찬가지로, 단지 회고하는 것이어서는 안 되며, 우리 안에 있는 모든 선한 의지를 내적으로 발분하고 한데로 모아야 한다. 왜냐하면 "선한 의지를 가진 사람들"에게 약속은 가치를 지니기 때문이다.

만약 우리가 잃어버린 것만을 슬퍼하고 다시 되돌릴 수 없는 것만을 회상한다면, 우리는 선한 의지를 가진 것이 아니다. 우리는 최선의 것, 가장 생명력이 있는 것을 우리 안에서 스스로 의식하고 이 의식의 목소리를 따를 때만 선한 의지를 갖고 있는 것이다. 그것을 진지하게 생각하고 자신의 최선에 충실하려는 맹세를 자기 내면에서 새로이 하는 사람만이 축제를 제대로 즐길 수 있는 분위기를 갖는다. 그래야만 그에게 비로소 축제의 종소리와 촛불의 밝힘, 노래와 선물이 제대로 빛나는 가치를 지니게 될 것이다.

(1917년)

노인의 성탄절

내 소년 시절, 성탄절 때면
얼마나 행복하고 풍족했던가,
촛불이 타는 내음 속에서 새로운 장난감을 갖고
성탄 트리 아래서 놀던 일이.
장난감 말, 그림책, 기차, 바이올린!
그리고 장난감이 모두 사라지고
일상이 되었어도, 다시 모든 새로운
성탄 트리가 세워지고, 축제와 경이로움이
다시 나를 마법의 그물로 둘러쌌다.

오늘 나는 새로운 놀이를 더 이상 모른다.
광채와 재미는 사라지고, 기다란 길이
내 등 뒤에 놓여 있다, 망가진 장난감들이 가득하고,
깨진 조각들이 달그락거린다. 그러나 그리움은
내게 아직도 마지막으로, 사랑스런 색채를 띠고
최고로 매력적인 모습을 그려준다. 마지막 축제,
놀이와 유년의 세계로부터 나와

다음의 세계로 들어가는 것을 깊이 고대하면서.

나는 너를 생각한다, 텅 빈 세계가 그 다채롭던 모습의
깨진 조각들로 내 주위에서 흔들릴 때면.
나는 너를 생각한다, 마지막 유희인 소중한 죽음을!
한 번 더 유년시절의 즐거움이 빛을 발하고,
한 번 더 메마른 성탄 트리가 피어난다.
그러면 어두운 심연에서 마음에 새로운 기쁨이
불안하게 솟아나는 경이로움의 빛이 발한다.
촛불의 광채와 솔잎의 향기,
그리고 부서진 장난감 쓰레기들 사이로,
기쁨에 찬 어둠으로부터
새로운 어머니의 목소리가 멀리서 부른다.

성탄절 때는

성탄절 때 나는 즐겨 여행을 하며
아이들의 환호성에서 멀어진다.
숲으로 눈밭으로 홀로 걸어가며
매년 그렇지는 않아도 때로는,
나의 좋은 시간을 맞이한다.
그 무엇보다도 잠시 동안
건강하고, 숲속 어딘가에 한 시간 동안
감도는 유년시절의 향기를 깊이 마음에 느끼면
다시 어린 소년이 된다……

성탄절 이후에

성탄절 축제가 지나고 나서 며칠 후에 나는 내 방 서랍
장 위에 소포가 몇 개 놓여 있는 것을 보고 당황했다. 그
리고 걱정이 되었다. 그것은 선물로 받기는 했지만 나로
서는 사용할 수 없어서 이제 교환해야 할 물건들이었다.
그것은 사실 늘 그런 식이다. 그리고 좋은 상점들에서는
성탄절의 영업방침으로 여판매원들이 이런 상품교환 때
에 아주 밝은 친절함을 유지한다는 것이 놀랍다. 그럼에
도 불구하고 나는 그런 걸음을 하는 것이 전혀 반갑지 않
다. 물건을 구입하는 것도 내게는 힘들어서 그런 일을 종
종 오래 미루곤 한다. ― 그런데 지금은 상품 교환을 하
러 상점으로 가서 사람들에게 요구하고, 이미 처리되었
던 물건들에 대해 새로이 관심을 일깨워야 한다니! 아니,
그런 일은 내게는 몹시 거역스러워서, 그냥 나로서는 사
용할 수 없는 선물들을 차라리 영원히 서랍 안에 넣어두
는 편이 낫다.

다행히도 여자 친구가 있다. 그녀는 이런 일들을 탁월
하게 이해할 줄 안다. 그래서 내 물건들을 가지고 세 군

데 상점에 같이 가자고 부탁했다. 그녀는 기꺼이 그렇게 해주었다. 그냥 나를 위해서가 아니라, 그 일이 그녀에게는 마치 스포츠 같이 재미있기도 하고, 기술을 발휘하는 것이 그녀에게 기쁨을 주기 때문이기도 했다. 그래서 우리는 장갑을 가지고 함께 상점으로 갔다. 인사를 하고서, 우리는 포장된 장갑을 풀었다. 그리고 나는 모자를 벗어 손에 들고 불안하게 빙글빙글 돌리면서 어떤 식으로 말을 걸어야 할지 주저했다. 그러나 잘 할 수가 없어서 나를 도와줄 여자 친구에게 말을 넘겼다. 그러자 이런! 마치 마술처럼 일이 술술 풀리더니 미소가 오가고, 다행히도 상점에서는 장갑을 되돌려 받는 것이었다. 그리고는 갑자기 나는 색이 있는 셔츠 몇 벌 앞에 서서 그 중 하나를 고르게 되었다. 그 옷이 나에게 잘 어울려 나는 마치 그런 일에 익숙한 채 하며, 목 칼라의 치수를 조금 낮출 생각을 하였다. 이윽고 우리는 새로 포장된 상자를 하나 들고서 그 상점을 나섰다. 사람들은 구세주 탄생일이 지나고 난 후, 오늘 하루 종일 그 상점에 와서 산책용 스틱, 장갑, 모자 등을 교환하고 있었다.

새 만년필을 교환하는 일도 아주 잘 되어 갔다. 나는 물건이 넘쳐나는 한 상점에서, 친절한 아가씨 앞에 앉아야 했다. 내 앞에 종이 한 장과 선택하도록 많은 펜들이 놓여 있었다. 나는 앉아서 종이 위에 글씨를 써보기도 하고, 꽃, 별, 이름의 머리글자를 가득 써보기도 하였다. 그러고 나서 시험삼아 써 본 펜들 가운데 하나를 골랐다. 앞으로 글씨 쓰는 일이 나한테 피곤한 일이 되더라도 그 펜의 탓은 아닐 것이다. 그것은 미국제 금 펜으로, 금박 레버로 잉크를 채울 수 있어서, 그러면 거기에서 금빛 단어들이 흘러나오니 즐거운 일이다. 그러나 나는 스케치하는데 더 그것을 사용할 것이다. 감사하는 마음으로 나는 주둥이가 금박으로 된 잉크병을 호주머니에 넣고 길을 나와 안경점으로 무거운 발길을 옮겼다. 거기에서 나는 새로 맞춘 안경이 전혀 잘 맞지 않으니 그것을 되돌려 주고 다른 것으로 맞춰야겠다고 고백하지 않을 수 없었다. 여자 친구의 도움을 받아 상점에서 셔츠와 펜으로 바꾸는일도 성공했으므로, 기운을 얻은 나는 이 안경점에서도 목표 의식을 갖고 접근했다. 마음씨 좋은 주인 남자는 내말에 귀를 기울이더니 실제로 그 안경을 되돌려 받았다. 그러리라는 생각을 나는 결코 못했을 것이다. 내가 그 사람이라면 결코 그렇게 해주지 못했을 것이다.

두려워했던 세 군데 상점을 의기양양하게 다녔다. 여자 친구와 함께 신선한 겨울바람을 뚫고 걸어가면서 나를 당황하게 했던 세 개의 상자가 세 개의 반가운 상자로 바뀌고 나니까 나는 충분히 기뻐하고 고마워할 이유가 있었다. 장갑을 교환할 때는 심지어 작은 손거울도 하나 덤으로 받아서 나와 동행한 친구에게 선물할 수 있었다.

나는 귀가하면서 매우 만족했으므로 다시 곧 작업하러 갈 수도 없었고, 그렇다고 지난 며칠 동안 받아서 모아 둔 채 읽지 않은 모든 편지들을 처리하는 일도 할 수 없었다. 나는 유년시절을 회상했다. 그리고 성탄절이 지나고 나면 더할 나위 없이 아름다웠던 며칠 동안을, 아침에 깨어날 때마다 그리고 밖에 나갔다가 집에 돌아올 때마다 새로운 선물들을 갖게 되고 그것들을 소유한 것에 기뻐했던 일을 회상했다. 언젠가 나는 바이올린을 하나 선물 받고나자, 밤에 일어나 그것을 만져보고 가만히 현을 뜯어보기도 했었다. 언젠가는 『돈키호테』를 선물받기도 했는데, 식사 시간들 조차 내게는 그 재미있는 책을 읽는 것을 방해하는 불편한 시간이었다.

이번에는 나는 그렇게 기분을 들뜨게 하는 물건들은 받지 않았다. 나이든 사람들에게는 한때 바이올린이나 책, 장난감, 스케이트가 지녔던 광채와 매력 같은 것은 더 이상 없다. 좋은 담배가 담긴 상자 세 개가 있었는데 그것은 위로가 되었고, 포도주와 코냑도 조금 있어서 그것으로 나는 저녁시간을 보낼 수 있을 것이다. 새로 생긴 만년필은 아주 멋있지만, 아직은 그것을 가슴에 꼭 껴안고 소유한 기쁨에 젖어 있기에 적합하지 않았다.

그러나 정말로 대단한 물건, 선물이 하나 있었다. 정말로 특출하고 매력적이어서 조용한 시간마다 그것을 꺼내어 황홀하게 바라볼 수 있고, 홀딱 반해 좋아할 수 있었다. 그것을 꺼내 들고서 나는 창가에 가 앉았다. 그것은 유리 속에 멋지게 끼워 넣은, 이국적이고 아주 멋지게 생긴 나비였다. 우라니아라는 아름다운 이름을 지닌 것으로 마다가스카르에서 날아온 것이다. 가늘고 힘세 보이는 행글라이더 같은 날개를 갖고 있고 날개 밑에 톱니 모양의 털이 풍성하게 붙어 있는 그 아름다운 나비는 나뭇가지 위에 앉아 가볍게 움직이고 있었다. 윗몸에는 녹색과 검정색의 줄무늬가 나 있고, 아래쪽은 검붉은 털이 나 있으며 작은 머리는 금빛과 녹색으로 반짝이고 있었다. 윗 날개는 녹색과 검정색 무늬가 있는데, 보이는 면은 화려하고, 온화하게 반짝이는 녹색을 띠고 있는 반면에, 뒷면은 아주 차가우면서도 부드러운 은빛이 나는 베로나풍 녹색을 띠고 있었다. 거기에서 수정 같은 날개 골격이 기품있게 반짝거렸다. 그러나 아래 날개는 환상적인 톱니 모양인데, 녹색과 검정색 무늬 외에도 커다란 부분이 짙은 금색을 띤 것이 보였다. 불빛 아래서 그것은 구리처럼 붉은 색이나 진홍색으로까지 변했다. 또 짙는 검정색 점들도 보였고, 맨 아래 쪽 날개는 여자들의 옷처럼 가장자리가 짧고 섬세한 노란색과 검정색이 섞인 털가죽으로 되어 있었다. 이 아래 날개에는 그밖에도 특별히 재미있는 특징이 있었다. 즉 그 날개에는 몽환적인 짧은 지그재그 모양의 순백색 선들이 그어져 있는데, 그로 인해 마치 날개 전체가 해체되어 공기와 금가루가 제멋대로 유희를 하는 것처럼 보였고, 그 환상적인 톱니 모양들을 마치 빛처럼 힘차게 스스로 뿜어내는 것처럼 보였다. 마다가스카르 산의 이 나비, 녹색, 검정색, 금색으로 이루어진 이 가벼운 아프리카의 꿈과 같은 것보다 더 화려하고, 더 신비스럽고, 더 사랑스러운 것을 온 도시의 어느 성탄절 식탁에서도 발견할 수 없을 것이다. 그것을 다시 바라보는 것은 즐거웠고, 그것을 바라보는 일에 푹 빠지는 것은 마치 축제와 같았다.

한동안 나는 마다가스카르에서 온 그 낯선 존재 위로 몸을 굽힌 채 앉아서 그것이 풍기는 매력에 빠졌다. 그것은 내게 많은 것을 기억나게 해 주었고, 많은 것을 타일러 주고, 많은 것에 대해 이야기해 주었다. 그것은 아름다움의 비유, 행복의 비유, 예술의 비유였다. 그것의 형태는 죽음에 대한 승리였고, 그 색채가 펼치는 유희는 무상

함보다 우월한 것의 미소였다. 그것은 유일하게 아주 환
희 빛나는 미소였다. 유리 밑에 표본으로 만들어진 이 죽
은 나비는, 수많은 종류의 것들이 보내는 미소였다. 그것
은 유치해 보이는가 하면, 또 태곳적의 지혜로운 것처럼
보이기도 했고, 전투적으로 보이는가 하면, 곧 고통스러
워하고 냉소적인 것처럼 보이기도 했다. 아름다움은 늘
그렇게 미소 짓는다. 꽃이든, 동물이든, 이집트의 두상(頭
像)이든 아니면 어떤 천재의 데스마스크든, 생명이 지속
적인 것으로 스며들어 영원히 흐르는 형태의 아름다움이
된 형상들은 모두 그렇게 미소 짓는다. 이 미소, 그것은
우월하고 영원했다. 그래서 그것은 만약 사람이 그 미소
에 빠지면, 갑자기 무시무시하게 거칠게 헤매게 되고, 아
름다우면서도 잔인하고, 부드러우면서도 위험하고, 한없
이 이성적이다가도 한없이 거칠고 어리석어지는 것이었
다. 생명이 한 순간 완전한 형태로 나타나면, 그것은 이
처럼 대립적인 양상을 띠게 되는 것이다. 고귀한 음악치
고 어떤 때는 어린아이의 미소처럼, 또 어떤 때는 아주
깊은 죽음의 슬픔처럼 우리에게 작용하지 않는 음악은
없다. 음악 역시 언제 어디서나 그러하다. 즉 아름다운
거울의 표면 같지만 그 밑에는 혼란이 숨겨져 기웃거린
다. 행복 역시 언제 어디서나 그러하다. 즉 매혹적인 순

간이 오지만, 그 찬란함 속에서 곧 다시 창백해져, 피할 수 없는 죽음의 숨결에 흩날려 버린다. 숭고한 예술도, 선택된 사람들의 고귀한 지혜도 역시 언제 어디서나 그러하다. 즉 그것은 심연에 대해 알고 있는 미소, 고뇌에 대한 인정, 대립하는 것들 간의 영원한 필사적 투쟁 너머의 조화로운 유희인 것이다.

바래가는 자주색의 반짝임이 부드러워보였고, 날개의 골격 위로 진녹색의 확실한 무늬가 활짝 펼쳐져 있었다. 그리고 가는 색깔을 띤 가는 톱니 모양은 그 밝은 빛살을 유희하듯 쏘아내고 있었다. 너 소중한 손님이여, 매혹적인 낯선 자여! 너는 나에게 겨울밤을 색채의 꿈으로 채워주려고 특별히 마다가스카르에서 날아온 것이냐? 너는 나에게 대립하는 것들의 화합에 관한 옛 지혜의 노래를 들려주려고, 내가 이미 너무나 그토록 자주 알았고 또 그토록 자주 잊었던 것을 다시 가르쳐주려고 특별히 영원한 어머니의 위대한 그림물감상자에서 벗어나 날아온 것이냐? 어떤 인내심 많은 사람의 손이 너를 특별히 그렇게 말끔하게 표본으로 만들어 이 나뭇가지에 붙여 놓은 것은, 병든 한 남자를 고독한 한 시간 동안 너의 반짝이는 유희로 즐겁게 해주고 너의 고요한 꿈으로 위로해주기 위해서였느냐? 사람들이 너를 죽여서 유리 밑에 눌러 놓은 것은, 너의 영원한 고통과 죽음이 우리에게 위로가 되게 하려고 그런 것이냐? 인내하는 위대한 사람들의, 진정한 예술가들의 고통과 죽음이 절망적으로 우리의 영혼을 에어내는 대신에 영원한 것이 되어 특이하게 우리에게 다정한 위안을 주는 것처럼?

반짝이는 금빛 날개 위로 저녁의 불빛이 점점 희미하게 하늘거리자, 불그레한 금빛이 서서히 사라지더니 곧 어둠에 빨려 더 이상 보이지 않는 마술이 펼쳐진다. 그래도 영원성의 유희, 아름다움의 지속을 위한 용감한 예술가의 유희는 여전히 지속된다. — 내 영혼 속에서 그 노래는 계속 이어지고, 내 사고 속에서 색채의 반짝임은 생생하게 계속된다. 그 아름답고 가련한 나비가 마다가스카르에서 죽은 것은 헛된 것이 아니다. 어느 겁먹은 손이 그 나비의 날개와 촉수와 부드러운 털을 그토록 산뜻하게 표본으로 만들어 사라지지 않게 만든 것은 헛된 일이 아니다. 향유를 바른 그 작은 파라오는 그의 태양 왕국의 이야기를 나에게 해줄 것이다. 그리고 그것이 이미 부서져 사라지고 나 역시 이미 무너져 사라지더라도, 어디선가 영혼 속에 그 나비의 성스러운 유희와 지혜로운 미소가 조금은 남아서 피어나고 계속 영원히 남게 되리라. 투텐카멘 파라오의 황금이 오늘날에도 남아서 반짝거리고,

<겨울 아침>

구세주의 피가 오늘도 역시 흐르고 있는 것처럼.

(1927년)

겨울날

아, 오늘 얼마나 아름답게 햇빛이
눈 속에서 사라져가고,
아, 얼마나 부드럽게 먼 곳이 불그스레 빛나는가!
그러나 여름은, 여름은 아니다.

그대, 매시간 나의 노래가 향해가는
먼 곳에 있는 신부의 모습이여,
아, 내게 그대의 다정함이 얼마나 부드럽게 빛나는가!
그러나 사랑은, 사랑은 아니다.

다정함의 달빛은 오래 빛나야 하고,
나는 눈 속에 오래 서 있어야 한다,
언젠가 그대와 하늘, 산과 바다가
여름 같은 깊은 사랑의 불꽃 속에서 빛날 때까지.

얼음 위의 신사

그 당시 세상은 아직 다르게 보였다. 나는 열두 살 반
이었는데, 여전히 다양하고 풍요로운 소년적인 즐거움과
소년적인 몽상에 사로잡혀 있었다. 이제 내 영혼 속에는
처음으로 부드러우면서도 내밀한 사춘기가 멀리서 파릇
파릇 수줍으면서도 열렬하게 피어나고 있었다.

어느 길고 혹독한 겨울이었다. 우리의 아름다운 슈바
르츠발트(흑림)의 강은 몇 주 동안이나 심하게 얼어붙었
다. 나는 혹독하게 춥던 첫날 아침에 그 강에 발을 들여
놓았던 때의 소름끼치면서도 황홀했던 이상한 느낌을 잊
을 수 없다. 그 강은 깊고 얼음이 맑아서 마치 얇은 유리
판을 통해서 보는 것처럼 녹빛을 띤 물, 돌들이 깔려 있
는 모래바닥, 환상적으로 뒤엉켜 있는 수중 식물들과 헤
엄치는 물고기의 검은 등이 보였기 때문이다.

반나절 동안 나는 내 동급생들과 함께 얼음 위를 이리
저리 돌아다니느라 뺨은 뜨겁게 달아오르고 손은 새파
래졌다. 가슴은 몹시 율동적으로 움직이면서 스케이트를
타느라 아무 생각 없이 즐기는 소년 시절의 놀라운 힘으

로 가득 차 힘차게 부풀었다. 우리는 경주, 멀리뛰기, 높이뛰기, 술래잡기를 했다. 우리 중에 아직도 뼈로 만들어 장화에다 끈으로 묶은 구식 스케이트를 신은 아이들도 썩 잘 달렸다. 그러나 우리들 중 한 아이는 공장주의 아들이었는데, '핼리팩스' 스케이트를 신고 있었다. 그것은 끈이나 가죽벨트로 묶지도 않고 순간적으로 신었다 벗을 수 있는 것이었다. 그때부터 '핼리팩스'라는 단어는 수년 동안 나의 성탄절에 바라는 소망 목록에 들어가 있었지만 성과는 없었다. 그러고 나서 십이 년 후에 나는 언제가 제대로 된 멋진 스케이트를 한 벌 사고 싶어서 상점에 가서 핼리팩스를 달라고 했을 때, 상점 주인이 내게 미소를 지으면서 핼리팩스는 구제품이며 이미 오래 전부터 더 이상 최고 상표는 아니라는 말을 해주자 나는 아쉽게도 품었던 이상과 유년 시절의 믿음 한 조각을 잃어버렸다.

나는 혼자서 달리는 것을, 종종 밤이 시작될 때까지 달리는 것을 가장 좋아했다. 나는 쏜살같이 달렸고, 빠르게 달리다가도 임의로 아무 지점에서나 멈춰서거나 돌아서는 것을 배웠다. 그리고 비행사처럼 균형을 유지하면서 멋지게 곡선을 그으며 돌아서 달리곤 하였다. 내 동급생들 중 많은 아이들은 여자 아이들의 뒤를 좇아가 비위를 맞추려고 빙판 위에서 시간을 보내곤 하였다. 나는 여자 아이들이 안중에 없었다. 다른 애들은 그 여자 애들에게 마치 기사처럼 행동하기도 하고, 수줍게 애타면서 그들 주위를 맴돌거나 대담하게 그들과 짝을 지어 재빠르게 스케이트를 타고 스쳐지나가는 반면에, 나는 혼자서 자유롭게 스케이트 타는 것을 즐겼다. 그 "소녀를 이끄는 애들"에 대해 나는 연민을 갖거나 조롱할 뿐이었다. 왜냐하면 어떤 친구들의 고백에 따라 나는 그들이 그런 식으로 예의바르게 즐기는 일이 근본적으로는 얼마나 절망적인 것인지 알고 있다고 믿었기 때문이다.

겨울이 이미 끝나갈 무렵, 어느 날 학생들 사이에 도는 소문이 내 귀에 들려왔다. 노르트카퍼가 최근에 엠마 마이어가 스케이트를 벗을 때 그녀에게 다시 한 번 키스를 했다는 것이었다. 그 소문을 듣자 나는 갑자기 피가 머리로 솟구치는 듯했다. 키스를 했다고! 그것은 물론 평소에 여자아이를 이끌고 갈 때 최고의 기쁨으로 칭송받았던 멋쩍은 대화나 수줍은 악수와는 달랐다. 그것은 잠겨 있어서 수줍게 예감할 뿐인 낯선 세계에서 울려 나오는 소리였고, 금지된 열매의 달콤한 향기를 품고 있었으며, 뭔가 비밀스러운 것, 시적인 것, 말할 수 없는 것을 지닌 것이었다. 그것은 우리 모두가 침묵하지만 예감하고 있고,

예전에 학교에서 추방당한 소녀들의 영웅들의 전설적인 연애모험담을 통해 부분적으로 알고 있는 어둡고 달콤하면서도 무섭도록 유혹적인 영역에 속하는 것이었다. 그 노르트카퍼는 나이가 열네 살이고, 왜 그런지는 몰라도 우리에게는 교활해 보이는 함부르크 출신의 학생이었다. 나는 그를 매우 존경했으며, 학교 바깥에서 한창 그에 관해 들려오는 명성은 종종 나를 잠 못 이루게 만들었다.

그 날부터 내 마음 속에는 계획과 근심이 난무했다. 한 소녀에게 키스한다는 것은 내 지금까지의 모든 이상을 넘어서는 것이었다. 그 자체로서도 그렇지만, 의심할 여지없이 학교 규칙으로 금지된 일이었기 때문이다. 그 일을 하는 데는 얼음을 지치는 장소에서 엄숙한 기사도를 펼치는 것이 유일하게 좋은 기회라는 것이 내게 분명해졌다. 먼저 나는 가능하면 내 외모를 기사도를 펼치는데 어울리게 만들려고 애썼다. 내 머리 모양을 가꾸는데 시간을 보내면서 신경을 썼고, 내 옷을 깨끗이 유지하려고 했으며, 털모자를 점잖게 이마에 반쯤 걸쳐 썼다. 그리고 내 누이들에게 사정해서 엷은 분홍색 비단천도 하나 얻었다. 곧 나는 빙판에 나가 문제가 되는 그 소녀에게 정중하게 인사를 하는, 이 낯선 친절에 그녀가 비록 놀라기는 했지만 마음에 들지 않은 것은 아닌 것처럼 보인다고 믿었다.

내게 훨씬 어려운 것은 그 뒤에 처음 관계를 이어가는 것이었다. 살면서 그때까지 아직 어떤 여자아이에게도 "관심을 둔" 적이 없었기 때문이다. 나는 처음 이렇게 예의를 차릴 때 내 친구들은 어떻게 하는지 엿보았다. 어떤 애들은 그냥 몸을 굽히고 손을 뻗쳤고, 어떤 애들은 뭐라고 알아들을 수 없는 말을 내뱉었다. 그러나 대개의 아이들은 "제가 영예를 누려도 될까요?"라는 식의 우아한 구절을 사용하는 것이었다. 이런 형식은 내게 몹시 감동을 줘서, 나는 집에 와 내 방의 난로 앞에서 몸을 굽히고는 정중한 말을 하는 식으로 그것을 연습하였다.

무거운 첫 걸음을 내 딛을 날이 왔다. 이미 그 전날 나는 구애할 생각이 있었지만, 용기가 없어서 아무것도 감행하지 못하고 그냥 집으로 돌아왔다. 오늘은 내가 그토록 두려워하면서도 간절히 바란 것을 어떤 일이 있어서 꼭 할 생각이었다. 마치 범죄자처럼 가슴이 뛰고 죽을 것처럼 조여 왔어도 나는 빙판으로 나갔다. 스케이트를 신을 때 내 손이 떨리고 있다고 생각했다. 그런 다음에 나는 사람들 무리로 섞여 들어가 크게 원을 그리는 가운데 팔을 뻗치면서 내 얼굴에 익숙한 안정감과 자신감을 유지하려고 애썼다. 두 번이나 나는 긴 빙판을 아주 빠른

120

속도로 내질러 달렸다. 살을 에는 듯한 공기와 격렬한 움직임이 내게는 좋았다.

갑자기, 다리 밑에서 나는 누군가를 향해 힘차게 달려가다가 당황해서 옆으로 휘청거렸다. 바로 빙판 위에 그 아름다운 엠마가 넘어져 앉아 있는데, 보아 아니 아픔을 삼키는 모습이었고 나를 원망하는 듯 바라보았다.

"일어나게 도와줘!"라고 그녀는 자기 친구들에게 말했다. 그때 나는 온 얼굴이 새빨개져서 모자를 벗고 그녀 옆에 무릎을 꿇고 그녀가 일어나게 도와주었다.

이제 우리는 놀라고 어찌할 줄 모르는 모습으로 서로 마주하고 서서 한 마디도 하지 않았다. 그 아름다운 소녀의 모피코트, 얼굴 그리고 머릿결은 그녀가 너무 가까이서 있어서 나를 당황하게 했다. 나는 사과할 생각을 했지만 소용없이 여전히 내 모자를 손에 꽉 쥐고 있을 뿐이었다. 그러나 내 눈이 마치 베일에 가린 듯 했지만, 갑자기나는 기계적으로 깊이 몸을 숙이고 더듬거리며 말했다. "제가 영예를 누려도 될까요?"

그녀는 아무 말도 안 했지만 그녀의 섬세한 손가락으로 내 손을 잡았다. 그것의 따뜻함이 내 장갑을 통해 느껴졌고 나는 그녀를 이끌고 달려갔다. 나는 마치 이상한 꿈속에 있는 것 같은 느낌이었다. 행복감, 수줍음, 따스함, 기쁨 그리고 당혹감에 나는 거의 숨이 막힐 지경이었다. 십오 분 정도 우리는 함께 스케이트를 타면서 달렸다. 그런 후에 그녀는 어디 멈추는 장소에서 조용히 작은 손을 풀더니 말했다.

"고마워." 그러고는 혼자서 달려갔다. 뒤늦게야 나는 털가죽 모자를 벗고 오랫동안 그 자리에 멈춰 서 있었다. 나중에 가서야 나는 그녀가 그렇게 줄곧 함께 달리던 시간 동안 단 한 마디도 하지 않은 것이 생각났다.

빙판의 얼음은 녹았고, 나는 다시는 내 시도를 반복해 볼 수 없었다. 그것은 나의 첫 연애 모험이었다. 그러나 수년이 지난 후에 나의 꿈은 이루어져 한 소녀의 붉은 입술 위에 내 입술을 맞출 수 있었다.

(1901년)

힘든 시간

이제 우리는 조용히 있으며
더는 노래를 부르지 않는다.
가야 할 걸음은 무겁고,
밤이 다가오려 한다.
나에게 손을 내밀어 다오.
아마 우리의 갈 길은 아직 멀 테니까.
눈이 온다, 눈이 내린다!
낯선 땅의 눈은 가혹하다.

우리에게 빛이 환하게 빛나던
그 시간은 어디로 갔는가?
나에게 손을 내밀어 다오!
아마 우리의 갈 길은 아직 멀 테니까.

1914년의 겨울*

어디를 돌아봐도 고통과 어둠이다.
수천 기의 무덤 위로 눈이 내려
피로 굳어진 들판을
고요히 그 희망 없는 방패로 덮는다.

그러나 우리는 봄을 바라보게 될 것이고,
순결한 미래를 세우게 될 것이다.
눈이 파묻은 사랑하는 이들이
우리를 위해 피 흘린 것이 헛되지 않도록.

---

* 1914년은 제1차세계대전이 일어난 해로 이후 4년 동안 전 유럽은 공포 속에서
살았다. 독일은 물론이고, 스위스에 살고 있던 독일인들도 몸과 마음의 고통을
겪었을 것이 분명하다. 그 고통과 연민을 헤세는 겨울날의 눈과 들판에 버려진
전사자들의 피로 비유하여 읊고 있다.

늑대

지금껏 프랑스의 산 속에서 그처럼 무서울 정도로 춥고 긴 겨울은 없었다. 몇 주 전부터 대기는 맑고, 거칠고 추웠다. 낮 동안에는 경사진 거대한 들판이 눈에 덮여 새하얗고, 새파란 하늘 아래 끝없이 펼쳐져 있었다. 밤에는 맑고 작은 달이 그 위로 떠갔다. 노란 광채를 발하는 서릿발처럼 차가운 달이었다. 그 강렬한 빛은 눈 위에서 둔탁하게 푸른빛이 되어 진짜 서리처럼 보였다. 사람들은 모든 길과 말 그대로 높은 데를 다니기를 피하고 마을의 오두막 안에 하릴없이 앉아 불평을 해댔다. 그 오두막들의 붉게 불 켜진 창들은 밤에는 푸른 달빛 아래서 자욱하게 흐려보이다가 곧 불이 꺼졌다.

그 지역의 동물들에게는 힘든 시기였다. 작은 동물들은 다수가 얼어 죽었고, 새들도 서리에 얼어 죽었다. 말라버린 사체들은 매들과 늑대들의 먹이가 되고 말았다. 그곳에 사는 늑대 가족은 얼마 안 되지만, 기근 때문에 그들은 좀더 확실하게 결속되었다. 낮 동안에 그들은 혼자서 나갔다. 여기저기에 한 마리가 눈 위로 돌아다녔는데, 굶주려 수척해졌어도 경계하면서, 유령처럼 소리 없이 소심하게 움직였다. 그의 가느다란 그림자는 그의 몸뚱이 옆에서 눈 덮인 지면 위로 미끄러져 갔다. 무엇을 느끼는 듯 그는 바람 속에서 뾰족한 주둥이를 핥으면서 이따금 고통스러운 듯 메마른 울부짖음 소리를 냈다. 그러나 저녁때가 되면 그들은 전체 숫자가 다 나와 몰려다니며 쉰 목소리로 울부짖으면서 마을들의 주위를 돌았다. 거기에는 가축과 가금류들이 잘 보호받고 있었고, 튼튼한 창문가에는 엽총들이 겨누어 진 채 놓여 있었다. 그들에게 드물게 먹잇감으로 떨어지는 것은 작은 것들, 예컨대 개 따위였고, 이미 그들 무리 가운데 두 마리가 총에 맞아 죽었다.

혹한은 여전히 계속되었다. 종종 늑대들은 한데 모여, 서로에게 기대어 몸을 녹이면서 조용히 생각에 잠겨 있었다. 그리고는 갑갑한 듯 죽은 듯이 황량한 곳을 엿보고 있었다. 마침내, 엄청난 굶주림의 고통에 견디다 못해 한 마리가 갑자기 소름 돋는 울부짖음을 내지르면서 펄쩍 뛰어 올랐다. 그러자 다른 늑대들이 모두 그쪽으로 주둥이를 돌려 부르르 떨더니, 함께 끔찍하고 위협적이면서도 비탄조로 울부짖었다.

마침내 그 무리 중에서 일부 작은 무리가 배회하기로

결심했다. 그날 일찍이 그들은 굴을 떠나 한데 모여들었고, 흥분해서 불안한 듯 혹한의 허공을 향해 코를 킁킁거렸다. 그런 다음에 그들은 신속하게 균형을 이루며 서둘러 그곳을 떠나갔다. 뒤에 남은 무리는 유리 같은 눈을 크게 뜨고 떠나가는 무리를 뒤에서 바라보면서, 십여 걸음 그 뒤를 따라가다가 결심을 못한 듯 멈추고 불안하게 서 있더니 천천히 아무 것도 없는 그들의 굴로 되돌아갔다.

밖으로 나간 무리는 정오에 서로 헤어졌다. 그들 중 세 마리는 동쪽으로 스위스의 쥐란 산맥을 향해 갔고, 다른 늑대들은 남쪽으로 계속 갔다. 세 마리는 멋지고 강한 동물들이었으나, 끔찍하게 말라 있었다. 홀쭉 들어간 배는 마치 허리띠처럼 가늘었고, 가슴에는 늑골이 가련할 정도로 튀어 나와 있었다. 주둥이들은 메말라 있고, 눈은 절망적으로 크게 벌어져 있었다. 그들은 셋이서 멀리 쥐라 산맥으로 들어가서 둘째 날에는 숫양 한 마리를 먹잇감으로 잡았고, 셋째 날에는 개 한 마리와 망아지 한 마리를 붙잡았고, 사방에서 분노한 마을 사람들에게 쫓겼다. 마을과 도시가 많은 그 지역에서는 그 익숙지 않은 침입자들에 대한 공포와 혐오감이 확산되었다. 우편용 설매들은 무장을 했고, 무기가 없이는 아무도 마을에서 다른 마을로 가지 않았다. 낯선 지역에서 그런 좋은 먹잇감을 찾고 나자 세 마리 늑대는 소심하면서도 기분이 좋아졌다. 그들은 여느 때보다 더 대담해져서 대낮에 어느 토지 관리인 농장의 외양간으로 침입했다. 소들의 울부짖음, 나무 울타리가 부서지는 소리, 계속 구르는 발굽 소리, 그리고 헐떡거리는 뜨거운 숨결이 좁고 더운 그 공간을 메웠다. 그러나 이번에는 그 사이에 사람들이 왔다. 그 늑대들에게 현상금이 붙었는데, 그것에 농부들의 용기가 배가 된 것이다. 그들은 두 마리를 죽였다. 한 마리는 엽총이 목을 관통했고, 다른 한 마리는 도끼로 쳐서 죽였다. 세 번째 늑대는 도망쳐서 거의 반쯤 죽은 상태로 눈 위에 쓰러질 때까지 오랫동안 달렸다. 그는 늑대들 가운데 가장 어리고 아름다운 늑대였다. 엄청난 힘을 지녔고 민첩한 동작을 지닌 당당한 동물이었다. 오랫동안 그는 숨을 헐떡이며 누워 있었다. 그의 눈앞에 피처럼 붉은 원이 소용돌이쳤고, 이따금 그는 휘파람을 불듯이 고통스럽게 신음소리를 토해 냈다. 던져진 도끼가 그의 등을 맞혔던 것이다. 그러나 그는 기운을 차려 다시 몸을 일으킬 수 있었다. 이제야 비로소 그는 자신이 얼마나 멀리 달렸는지 알았다. 어디에도 사람이나 집은 없었다. 그의 바로 앞에 눈이 내린 거대한 산이 있었다. 그것은 샤세랄*이었다. 그는 그것을 돌아가기로 결심했다. 갈증이 나서 고통스러웠으므로, 그는 얼어붙어 딱딱한 눈 표면을 조금 갉아 먹었다. 산 건너편에서 그는 곧 마을을 하나 만났다. 저녁이 되어 가고 있었다. 그는 어느 울창한 전나무 숲속에서 기다렸다. 그런 다음에 조심스럽게 뜰의 담장을 돌아서 따뜻한 외양간에서 나는 냄새를 좇아 기어갔다. 길 위에는 아무도 없었다. 소심하면서도 갈망하는 눈빛으로 그는 집들 사이를 주시했다. 그때 총성이 울렸다. 그는 머리를 허공으로 높이 쳐들어 달리려고 했다. 그때 벌써 두 번째 총성이 울렸다. 그가 맞았다. 그의 하얀 복부의 옆구리에 핏빛 반점이 생기더니, 그것이 굵은 피가 되어 뚝뚝 떨어져 내렸다. 그럼에도 불구하고 그는 크게 펄쩍 펄쩍 뛰어서 그곳을 벗어나 건너편 산의 숲속에 도달하는 데 성공했다. 거기서 그는 웅크린 채 잠시 기다리면서 양쪽에서 목소리와 발걸음 소리가 나는 것을 들었다. 불안하게 그는 산을 올려다보았다. 그것은 가파르고 숲이 우거져 있어서 올라가기에 힘들었다. 그러나 그에게는 다른 선택이 없었다. 숨을 헐떡이면서 그는 가파른 산의 절벽을 타고 올라갔다. 그러는 사이에 아래에

---

* 샤세랄(Chasseral): 스위스 수도 베른 지역의 쥐라(Jura) 산맥 가운데 있는, 높이가 1,606m인 산.

서는 욕설과 명령을 내리는 소리, 그리고 랜턴의 불빛들이 어지럽게 산을 따라 움직였다. 부상을 입은 늑대는 몸을 떨면서 반쯤 어두운 전나무 숲속을 기어 올라갔고, 그 사이에 옆구리에서는 천천히 갈색 피가 흘러내렸다.

추위는 누그러졌다. 서쪽 하늘에는 안개가 끼어 있고 눈이 내릴 것 같았다.

마침내 그 지친 짐승은 꼭대기에 도달했다. 그는 약간 경사진 큰 눈밭에 섰다. 그가 도망쳐 온 마을 위편에 있는 몬트 크로신 산 가까운 곳이었다. 배고픔은 느끼지 못했으나, 상처에서 먹먹하고 조이는 듯한 통증을 느꼈다. 그의 늘어진 주둥이에서 나직한 신음소리가 나왔다. 그의 심장은 힘들고 고통스럽게 뛰었고, 죽음의 손길이 말할 수 없이 무거운 짐처럼 그를 짓누르는 것을 느꼈다. 홀로 가지를 넓게 벌리고 서 있는 전나무가 그를 유혹했다. 그는 그리로 가 웅크리고 앉아서 눈 내리는 잿빛의 밤을 우울하게 응시하였다. 반시간이 지나갔다. 이제 희미한 붉은 빛이 눈 위에 비쳤다. 이상하면서도 부드러웠다. 늑대는 신음소리를 내면서 몸을 일으켜 아름다운 머리를 그 불빛을 향해 돌렸다. 그것은 남동쪽에서 거대하게 피처럼 붉게 떠서 천천히 흐린 하늘로 높이 솟아오르고 있었다. 몇 주 전부터 그토록 붉고 큰 적이 없었다. 죽어가는 짐승의 눈이 그 희미한 달빛에 머물렀고, 다시 나약한 울부짖음이 고통스러우면서도 소리 없이 밤을 향해 흘러나왔다.

그때 불빛들과 발걸음들의 소리가 가까워졌다. 두꺼운 외투를 입은 농부들, 털모자를 쓰고 투박한 각반을 찬 사냥꾼들과 젊은 사내들이 눈 속을 터벅터벅 걸어갔다. 환호성이 울렸다. 숨이 끊어져가는 늑대를 발견한 것이다. 그를 향해 두 발의 총탄을 쏘았으나 둘 다 빗나갔다. 그때 그들은 그 늑대가 이미 누워 죽어가고 있는 것을 보자 지팡이와 몽둥이로 그를 내려쳤다. 그 늑대는 그것을 더 이상 느끼지 못했다.

그의 깨지고 망가진 몸뚱이를 끌고 그들은 장크트임머 마을로 내려갔다. 사람들은 웃고 떠들고, 술과 커피를 마시면서 즐거워했다. 그들은 노래도 하고, 욕을 퍼붓기도 했다. 눈 내린 삼림이나 찬란한 고원을 바라보는 사람은 아무도 없었다. 샤세랄 산 위에 떠오른 달의 희미한 달빛이 그들이 쏘아 날아가던 총탄과 수정 같은 눈 위에 부딪쳐서, 그리고 맞아 죽은 늑대의 망가진 눈에 부딪쳐서 부서지는 것을 본 사람은 아무도 없었다.

(1903년)

131

황야의 이리

나 황야의 이리는 총총 걸음으로 달리고 또 달린다.
세상은 눈으로 가득 덮여 있고
자작나무에서는 까마귀가 날아오른다.
그러나 그 어디에도 토끼 한 마리, 노루 한 마리 없다!
나는 노루에게 푹 빠져 있다.
한 마리만 찾을 수 있다면!
이빨로 물어 버리고, 두 손으로 움켜쥘 텐데.
그거야말로 세상에서 가장 멋진 것.
나는 그 사랑스러운 것이 진심으로 마음에 들어
그 보도라운 뒷다리를 깊숙이 파먹을 텐데.
그 맑고 붉은 피를 잔뜩 마시고 나서
온밤을 외로이 울부짖을 텐데.
토끼 한 마리만 있어도 나는 만족할 텐데.
그 따뜻한 살이 밤에는 단맛이 날 텐데.
모든 것이 그 모든 것이 나로부터 떠나버렸다.
무엇이 삶을 조금 더 명랑하게 해 줄까?
내 꼬리의 털은 벌써 세었고

눈도 전혀 분명하게 보이지 않는다.

벌써 여러 해 전에 사랑하는 아내도 죽었다.

그리고 이제 나는 총총걸음으로 달리며 노루를 꿈꾸고,

총총걸음으로 달리며 토끼를 꿈꾸고,

겨울밤의 바람 소리를 듣는다.

타는 듯한 내 목구멍을 눈으로 축이고,

가련한 내 영혼을 악마에게 나른다.

남쪽에서 보낸 겨울 편지

사랑하는 베를린의 벗들에게!

그래요, 여름에 이곳은 달랐습니다. 루가노에서 가장 우아한 호텔을 가득 메운 동향인들은 호숫가 플라타너스의 조그마한 그늘에 모여 앉아서 오스테엔데*를 생각하며 수심에 차 있었습니다. 반면에 우리 같은 사람들은 배낭에 빵 한 조각을 넣고 멋진 여름을 즐기고 있었지요. 그 당시 그토록 작렬하던 여름날은 가버렸습니다. 얼마나 순식간에, 그리고 허망하게 가버렸는지요!

아직도 여기에 태양이 남아 있기는 합니다. 그리고 지금도 여전히 우리는 태양의 손님입니다. 나는 십이월 마지막의 어느 날에 이 구절을 쓰고 있습니다. 오전 열한시쯤입니다. 바람을 막아주는 숲 가장자리의 마른 나뭇잎 속에도 태양이 빛납니다. 그렇게 서너 시까지 지속됩니다. 그러고 나면 추워지고, 산들은 연보랏빛을 띱니다. 하늘은 겨울에 이곳에서만 그렇듯이 맑고 옅어집니다. 사

---

* 오스트엔데(Ostende): 벨기에의 북해 연안에 있는 해수욕장 도시.

람들은 몸이 꽁꽁 얼게 되어 장작을 벽난로에 던져 넣어야 합니다. 그리고는 하루의 남은 시간을 난로 주위의 좁은 공간에서 보내야 하지요. 일찍 취침했다가 늦게 일어나곤 합니다.

그러나 햇빛이 나는 지금 같은 낮 시간은 우리들의 것입니다. 태양이 우리를 따뜻하게 해 주므로, 우리는 풀밭과 잎새들 속에 누워 겨울날의 바스락거림에 귀를 기울이고, 가까운 산에서 하얀 눈발이 내리는 모습을 바라봅니다. 그리고 이따금 황무지의 잡초와 시든 밤나무 잎 사이에서도 아직 조금 남아 있는 생명을, 동면 중인 작은 뱀이나 고슴도치 같은 것을 발견합니다. 또 나무 밑에는 마지막으로 떨어진 밤알들이 아직도 여기 저기 뒹굴고 있습니다. 그것들을 주워 가서 저녁 때 난로 불에 구워 먹지요.

여름철에는 오스트엔데를 간절히 생각하던 저 밀매업자들도 아주 잘 지내는 것처럼 보입니다. 상황이 바뀌어서, 지금은 그들의 형편이 좋습니다. 나는 최근에 그것을 조금 관찰할 기회가 있었지요. 어느 큰 호텔의 오찬에 초대를 받았던 것입니다.

그래서 나는 그 큰 호텔로 갔습니다. 아주 멋있더군요. 나는 제일 좋은 옷을 입고 갔습니다. 전날 나의 주인집

아주머니가 무릎에 난 작은 구멍을 푸른 헝겊으로 꿰매
주었습니다. 나는 차림새가 괜찮아 보였고, 실제로 호텔
수위에게 어려움 없이 입장을 허락 받았습니다. 유리로
되어 소리 없이 양쪽으로 열리는 출입문을 통해 마치 호
화로운 수족관 안으로 들어가듯 거대한 홀 안으로 사뿐
히 들어갔습니다. 거기에는 가죽과 융단으로 된 깊숙한
안락의자들이 진중하게 놓여 있고, 거대한 방 전체가 난
방이 되어 있는데 기분 좋게 따뜻해서, 언젠가 스리랑카
의 골 페이스 해안의 객사로 들어갔을 때의 분위기와 같
았습니다. 여기 저기 안락의자에는 잘 차려입은 사기꾼
같은 상인들이 그들의 부인과 앉아 있었습니다. 그들은
한 일이 무엇이었을까요? 유럽의 문화를 유지하는 일이
었지요. 사실상, 여기에 아직도 그 문화가 존재하고 있었
습니다. 파괴되어 버린 것을 많이 슬퍼하던 이 문화, 즉
클럽의 안락의자, 수입한 여송연, 순종적인 종업원들, 지
나치게 난방이 된 방들, 종려나무, 잘 다려진 바지의 주
름, 머리 가르마, 심지어 외알 안경까지 아직 남아 있었
습니다. 모든 것이 아직도 거기 있었어요. 그것들을 다시
발견하자 충격을 받은 나는 눈을 비볐습니다.

다정한 미소를 띠면서 그 상인들은 나를 바라보고 있
었습니다. 그들은 이미 우리 같은 사람들을 대하는 방법

을 배워 알고 있었지요. 나를 바라보는 그들의 표정 속에
는 미소와 더불어 공손함, 관대함, 심지어 인정하는 태도
까지 섞인 은근한 조롱기가 섞여 있었습니다. 나는 이미
어디선가 한 번 이런 기이한 시선을 본 적이 있지 않았나
곰곰 생각해보았습니다. 맞아요. 나는 그 시선을 다시 발
견한 것입니다. 전쟁*의 승리자들이 전쟁의 희생자들을
바라보던 이 시선을 나는 전쟁 중의 독일에서 종종 보았
었습니다. 상업 고문관이 부상당한 병사를 바라보는 시
선이었습니다. 그 시선의 절반은 이렇게 말하고 있었습
니다. '불쌍한 녀석!'. 시선의 또 다른 절반은 이렇게 '영
웅이다!'라고 말하고 있었습니다. 그 시선의 절반은 우월
감에 차 있었고, 절반은 두려워하고 있었습니다.

피정복자인 나는 유쾌하게, 떳떳한 양심을 갖고 그 상
인들을 죽 둘러보았습니다. 그들은 화려해 보였습니다.
특히 부인들이 그렇더군요. 선사시대가 생각났습니다.
누구나 이런 우아하고 만족스런 상태를 당연하고도 유일
하게 바람직한 것으로 여기던 1914년 이전의 시대 말입
니다.

나를 초대한 사람은 아직 나타나지 않았습니다. 그래

---

* 여기서 전쟁은 1914~1918년까지 지속된 1차 세계대전을 말한다. 헤세가 이
수필을 쓴 때는 이 전쟁이 끝난 지 1년 후인 1919년이었다.

서 나는 조금 말을 나눠 볼 생각으로 한 밀매업자에게 다 갔습니다.

"안녕하세요, 상인 양반. 어떻게 지내십니까?"라고 내가 말했습니다.

"오, 잘 지냅니다. 이따금 약간 지루하기는 하지만요. 때때로 당신처럼 무릎에 푸른 천을 댄 사람이 부럽기도 합니다. 보기에 당신은 지루함 같은 것은 전혀 모르는 사람 같군요."

"바로 맞아요. 저는 할 일이 아주 많습니다. 세월이 빨리 가니까요. 누구나 자기 역할이 있습니다."

"무슨 뜻입니까?"

"아, 저는 노동자입니다. 당신은 상인이고요. 저는 생산을 하고, 당신은 전화를 합니다. 후자가 돈은 더 벌어들이겠지요. 그 대신 생산이 훨씬 더 재미있습니다. 시를 짓거나 그림을 그리는 일은 즐거움입니다. 아십니까? 그 대가로 돈까지 요구하는 것은 야비한 일이지요. 당신의 직업은, 주문한 상품을 두 배나 가격을 붙여서 계속 거래하는 것입니다. 그건 분명 덜 즐거운 일이지요."

"아, 당신! 저와 얘기할 때마다 늘 그렇게 빈정대는군요. 그냥 인정해요, 난쟁이 양반, 기운 바지를 입은 당신이 원래는 우리를 몹시 부러워하고 있다고 말이오!"

"물론요."라고 나는 말했습니다. "종종 부럽지요. 제가 하필 배가 고플 때 당신들이 창문 뒤에서 고기파이를 먹은 모습을 보면 부럽지요. 고기파이를 대단하게 생각하니까요. 하지만 이봐요, 먹는 쾌락처럼 순간적이고, 우스울 정도로 허망한 것은 없습니다. 사실은 아름다운 옷, 반지와 장신구, 바지 같은 것도 전부 마찬가지이구요! 그래요, 아름다운 새 옷을 입는 것은 기분 좋은 일이지요. 그러나 이런 옷이 하루 종일 당신 마음을 사로잡아 즐겁고 행복하게 해줄지 의심스럽군요. 제가 기운 제 바지를 온종일 생각하지는 않듯이, 당신네들도 다림질한 옷 주름과 번쩍이는 단추를 온종일 생각하지는 않겠지요. 안 그렇습니까? 그렇다면 그런 것들이 무슨 소용입니까? 물론 따뜻한 난방 때문에 당신이 부럽기도 합니다. 그러나 지금 같은 겨울이라도 태양이 빛날 때면, 저는 몬타뇰라 근방의 한 장소를 알고 있지요. 두 암벽 사이인데, 그곳은 바람이 잔잔하고, 여기 당신들이 있는 호텔만큼이나 따뜻합니다. 그리고 훨씬 더 나은 사교 장소인데다, 돈도 한 푼도 안 듭니다. 심지어 종종 밤나무 낙엽 밑에서 알밤도 발견하는데, 주워 먹을 수 있지요."

"아, 그럴 수 있겠지요. 헌데 당신이 그렇게 살고 싶은 겁니까?"

"저는 생산하는 것으로 살고 있습니다. 그것이 아무리 작은 일이라도 세상에 가치를 부여하면서 말입니다. 예컨대 저는 수채화를 그리는데, 저보다 더 아름답게 그리는 사람은 없을 겁니다. 약간의 돈을 내면 제가 직접 수채화로 장식한 저의 시 원고를 살 수도 있습니다. 상인이라면 그런 것을 사는 것보다 더 현명한 일은 할 수 없지요. 몇 년 지나 제가 죽으면, 그 값어치가 세 배는 될 테니까요."

나는 농담으로 그렇게 말했습니다. 그러나 그 상인은 내가 그에게서 돈을 원하는 줄 알고 겁이 났습니다. 당황하여 자꾸 헛기침을 하더니, 돌연 홀의 먼 구석에 있는 지인을 발견하고 인사를 하러 가 버렸습니다.

베를린의 사랑하는 벗들이여, 내가 나를 초대해 준 사람과 함께 즐긴 오찬 이야기는 생략하기로 하지요! 하얀색 식당은 유리처럼 빛났고, 서비스도 얼마나 훌륭했는지 모릅니다. 좋은 음식을 먹었고, 포도주도 대단했지요! 그것에 대해서는 침묵하겠습니다. 상인들이 식사하는 모습은 인상적이었습니다. 그들은 매너를 중시하면서 멋지게 자제하더군요. 아무리 맛 좋은 음식이라도 의무감으로 가득 찬, 아니 조심성이 없이 경멸감을 띤 얼굴로 먹었습니다. 오래된 부르고뉴 산 포도주 병에서 술을 유리

잔에 따라 의젓하면서도, 마치 약을 복용하듯이 약간 고
뇌에 찬 표정으로 마셨습니다. 나는 그들을 바라보면서
그들을 위해 이런저런 건배를 해 주었습니다. 흰 빵 한
개와 사과 한 알을 내 주머니에 넣었습니다. 저녁 식사를
위해서요.

내가 왜 베를린으로 오지 않느냐고 그대들은 묻는가
요? 그래요. 그거야말로 원래 우스운 일이지요. 그러나
나에게는 사실 여기가 더 마음에 듭니다. 내 고집이 대단
하지요. 그래요. 나는 베를린으로도 뮌헨으로도 돌아가
지 않으려 합니다. 그곳에선 저녁 때 산들이 별로 장밋빛
을 띠지 않습니다. 그리고 나에게는 이것저것 부족한 것
도 많습니다.

(1919년)

십이월

그토록 많은 근심을 지니고 있어도,
그에 대해 그대의 아들딸들은 무엇을 아느냐?
버려라, 그대를 짓누르는 것을.
그들에게 풍성한 성탄절을 차려 주어라,
그대의 마음속에도
구세주가 깃들도록.

일월

들판의 하얀 눈처럼 순수하게
이번에도 새해가 왔다.
그러나 그 속에서 새로운 것이 자라더라도,
이미 세월을 두고 씨앗을 뿌린 것이다.

이월

그대에게 수고양이가 있다면,
밤에 창고에서 노래하리라.
그대에게 암고양이가 있다면,
곧 그대에게 새끼를 데려다 주리라.

테신의 겨울

숲속이 밝게 트이니
세상이 달라졌다.
이쪽은 넓어지고, 저쪽은 촘촘해져
모든 것에 새롭고 은은하게 빛이 비친다!

산은 보랏빛 베일을 쓰고,
먼 곳의 눈은 유리처럼 반짝인다.
만물의 윤곽이 더 자유롭게 유희하고,
호수가 더 가까이, 더 크게 보인다.

남쪽 산허리 절벽 사이에는
따뜻한 태양과 포근한 바람.
그리고 땅은 어느새 봄의 입김이 가득한
향기를 맡는다.

참을 수 없는 남쪽의 겨울

　몇 해가 지나면서 이곳 남쪽의 겨울은 비록 멋지고 사
랑스러운 태양이 있음에도 불구하고 참을 수 없게 되었
다. 우기가 되면 우울해지는 것이다. 네 번이나 꽁꽁 언
혹한을 보내면서 인플레이션이 횡횡하던 시절, 나는 여
기 보잘 것 없이 작은 벽난로의 불 앞에 앉아 지내면서
내 건강을 망쳐버렸다. 그 이후로, 그리고 돈주머니 사정
이 다시 나아진 후로 나는 겨울을 나기 위해 여기를 떠
나는데, 더 좋은 지역을 보기 위해서가 아니다. 그런 곳
은 없으니까. 그렇다고 기분 전환을 위해서도 아니다. 왜
냐하면 자연은 지루함이라는 것을 모르니까. 지루함이
란 도시인들이 생각해낸 것이다. 나는 따뜻한 온천이 있
는 곳으로 여행한다. 잘 닫히는 대문들과 창문들이 있고,
따뜻한 나무 바닥과 난로가 있고, 의사와 마사지사가 있
는 도시로 떠난다. 그리고 내가 그들의 도움으로 겨울의
통증을 이겨내려고 애쓰는 동안, 이런 저런 아름다운 일
들이 나에게 찾아온다. 친구들 방문, 좋은 음악, 도서관과
화랑들을 돌아다니는 것 말이다. 그때 나는 시내에서 거

주하는데, 나를 찾기가 쉽지 않은데도 온갖 사람들이 나에게 온다. 멋진 스케치들로 가득 찬 화첩을 들고 찾아오는 무명 화가들, 어문학을 전공하고 이제 나에 대한 박사 학위 논문을 쓰려는 찾아오는 자의식이 강한 젊은이들. 그들은 나를 파헤쳐서 내가 삼십 년 동안 작업한 것들을 서슴없이 갈기갈기 조각내고, 그 대가로 그들의 학부에서 그 영리한 머리들에게 박사 모자를 씌워주는 것이다. 술주정뱅이 예술 유랑인들도 오는데, 그들은 종종 좋은 이야기들을 알고 있어서 아무튼 온갖 '상류 사회' 사람들보다 더 수확이 왔다. 또 혜성 같은 인물들이나 기인(奇人)들, 추적당하고 있다는 망상을 가진 천재들, 종교 설립자들, 마술사들도 찾아온다. 얼마 전까지만 해도 바로 다정하면서도 가련한 시인 클라분트가 찾아왔다. 그는 이야깃거리도 잔뜩 갖고 있고, 호기심에 가득 차 있었으며, 젊으면서도 약간 열이 있어 보이는 얼굴을 하고 있었다. 혹은 짐도 없이 기차를 잘못 탄 덕택에, 잠깐 그저 몇 시간 동안 금발 머리의 요정인 에니 헤닝스가 들른 적도 있었다. 그 전에는 마르고 키가 작은 한스 모르겐탈러도 이따금 왔는데, 그는 별 말도 없이 그냥 혼자 킥킥거리곤 하였다. 가끔 극도로 절망적인 시를 가방에서 꺼내곤 했는데, 그는 실제로 병이 위중했으며 금년에 사망하였다.

그들 모두에게 나는 일종의 아저씨였다. 우리는 서로를 좋아했는데, 그들은 내가 보기에 시민사회의 한 가운데서 살면서도 동시에 자신들의 세계에 속해 있는 것을 경탄의 눈으로 바라보았다.

그들은 나를 비록 자신들, 고향 없는 사람들의 무리에 넣고 있지는 않지만, 내가 모차르트와 피렌체 화가들이 그린 마돈나상 뿐만 아니라 삶의 궤도에서 탈선해 비방당하는 황야의 이리들도 몹시 사랑한다는 것을 알고 있다. 우리는 서로 시와 스케치들을 교환하고, 서로에게 출판사 편집부 주소를 알려 주었으며, 책도 빌려주고, 함께 포도주도 많이 마셨다.

이따금 나는 어디 아름답고, 교양에 굶주린 도시로 여행하는 유혹에 빠지기도 한다. 사실 매 년 한 번씩 여행비와 원고료를 받으며, 여행지로 간 도시에서 전문가에게 그 도시의 고적지와 관광지를 안내 받는다. 그 대가로 나는 하룻저녁 동안 어느 공감이 안 가는 홀에서 낯선 사람들에게 내가 쓴 시들을 낭송해야 한다. 그리고 매번 그 일을 할 때마다 나는 이런 느낌을 갖는다. '다시는 안 할 거다!'

(「가을이 되면」 중에서, 1928년)

겨울의 정자

하드리아누스 황제* 사원의 서(庶)증손자.
메디치 가(家) 빌라의 불법 상속인.
한 가닥 베르사이유에 대한 회상으로
분칠을 하고서, 너는 미소 짓고 있다.
너의 계단과 기둥들, 화병과 소용돌이 기둥 장식을 갖추
고서
야만국의 해변에서 서먹하게,
네가 소속되지 않은 한 나라를 바라보고 있다.
너 자신의 것이 아닌
매력과 마력을 내보내고 있다.
그리고 주위에서 차가운 눈발이
너무나도 많은 너의 창유리를 뚫고 주시한다.

너는 남의 것을 빌려 호화롭게 치장한
가엾은 아가씨 같이, 대도시의

---

* 하드리아누스 황제(Publius A. Hadrianus, 서기 76~138년), 고대 로마제국의
  황제로 제국의 평화를 유지하고 문화를 융성하게 한 인물.

길가에 서서 애써 미소 짓고 있다.
보이려는 것만큼 그리 아름답지도 않고,
모조 장신구처럼 그리 부유하지도 않으며,
알록달록한 겉모습처럼 그리 즐겁지도 않다.
그녀와 너는 닮았다. 약간의 조롱과
약간의 연민이 너에게 답을 준다.
그리고 주위에서 차갑고 낯선 눈발이
너무나도 많은 너의 창유리를 뚫고 주시한다.

음악회

바이올린이 높고 부드러운 소리로 떨리고,
호른은 깊은 곳에서 탄식하며 울려온다.
부인들이 형형색색으로 부유하게 반짝이고,
그 위로 불빛들이 비친다.

나는 조용히 눈을 감는다.
눈 속의 나무가 하나 보인다.
혼자 서 있는 그것은 원하는 것을 갖고 있다,
자신의 행복과, 자신의 슬픔을.

가슴 답답해져 나는 홀을 나서고
내 등 뒤로 소음이 희미해진다.
반은 재미있고, 반은 고통스럽고,
나에게 그것은 우울한 것으로 남았다.

나는 눈 속의 내 나무를 찾는다.
그가 가진 것을 나는 갖고 싶다.

나 자신의 행복과, 나 자신의 슬픔을.
그것으로 영혼은 충족되는 것.

산속의 태양과 눈, 대도시의 문화

사람이 생각한 대로 일이 되어가는 경우는 결코 없다. 수년 전부터 나는 숲속의 인간으로 살아가는 내 삶을 베를린에서 '문화'라고 불리는 것과 좀더 조화를 이루어보려고 노력하고 있다.

이미 몇 번의 겨울을 도시에서 나기도 했고, 취리히의 아웃사이더 구역에서 지내기도 했다. 기회가 있으면 슈투트가르트나 프랑크푸르트까지, 뮌헨까지 진출해보기도 하였다. 그리고 이미 줄곧 한 번쯤 사람들 눈에 안 띄게 몰래 베를린을 잠깐 방문해볼 생각도 진지하게 해 보았다. 대체 이 대도시에 대한 나의 상상이 사람들이 매일 같이 내게 말해주는 것처럼 정말로 그렇게 시대에 뒤떨어지고 고지식한지 알고 싶어서였다. 그런데 지금 나는, 베를린 대신에 그라우뷘덴 산맥에서 1.8 킬로미터 고지인 아로사에 와서 앉아 있다. 친절하게도 내 건강을 고려해서 사람들이 이리로 보낸 것이다. 폐 때문이 아니다. 그리고 제발 나한테 그들이 의사들의 주소나 약초로 만든 차 샘플을 보내지 말았으면 한다. 나한테 부족한 것은 그런 것이 아니다.

　내 친구들이 눈이 쌓인 여기 위로 나를 보냈을 때 한동안 나를 떨쳐내려는 소망 때문이 아니었다면, 나한테 부족한 것은 맑고 차가운 고원의 공기라고 생각했기 때문이었다. 기차역이나 서재, 무도장 같은 곳의 답답한 공기 대신에 태양과 산 위의 눈, 그리고 별빛에 가까운 공기가 나를 감싸면 아마도 내 병이 나아지리라고 말이다. 그래서 지금 나는 여기 아로사에 와 있다. 십여 년 만에 처음으로 다시 산 위에 올라와 있는 것이다. 대도시 대신에 눈이, '문화' 대신에 전나무 숲과 서남풍이, 베를린 대신에 그라우뷘덴이다. 이번에는 내 의지에 반해서 그렇게 이끌려 왔다. 그러나 늘 그렇듯이 그렇게 이끌려 온 결과가 아주 훌륭하다. 게다가 이번에도, 내가 세웠던 계획 하나가 완전히 수포로 돌아가던 중에 이 계획의 일부가 예기치 않게 실현된 것이다. 여기 산 위에서 나는, 비록 하룻저녁이기는 하지만 바로 베를린과 베를린의 공기를 발견했고, 몇 시간 동안 대도시의 삶에 대한 나의 사전 연습을 잘 마칠 수 있었기 때문이다.

（「겨울 휴가」 중에서, 1928년）

겨울에 받은 아내의 선물

늘 산에 가기를 좋아하는 내 아내가 성탄절에 내게 스키를 한 벌 선물했습니다. 그 때문에 나는 어쩔 수 없이 여행을 떠나야 했지요. 물론 그것은 '재앙의 선물'이었습니다. 왜냐하면 스키를 타는 데는 그런 나무 스키 한 벌만 있으면 될 거라는 내 순진한 생각이 불행하게도 어긋났기 때문입니다. 그라우뷘덴으로 가져가는 데 필요한 것은 단지 나무판자와 승차권뿐만이 아니라, 스키용 장화, 스키용 바지, 스키용 모자, 스키용 한경, 양털로 짠 양말, 그리고 가능한 온갖 것이 다 필요합니다. 그것은 모두 합해서 돈이 엄청나게 많이 들지요. 게다가 내 아내도 그런 것들이 모두 필요하니, 나한테 하는 선물을 어쩔 수 없이 줄인 것입니다.

「겨울의 편지」 중에서, 1911년)

스키 휴식

높은 기슭에서 달릴 준비가 되어,
나는 잠시 스틱을 짚고 멈춰 쉬면서,
눈부시게 멀리, 푸르고 흰
광채에 넓게 감싸인 세계를 보고,
위로는 침묵한 채 첩첩 능선을 이루며
산들이 외롭게 얼어붙어 있는 것을 본다.
아래쪽으로는 온통 반짝임에 싸여 희미하게
골짜기와 골짜기를 돌아 어렴풋한 오솔길이 내려가고
있다.
고독과 정적이 엄습하자
당황한 나는 잠시 멈춰 있다가,
비스듬한 암벽을 따라 아래쪽으로,
골짜기를 향해 숨 막히도록 빠르게 달린다.

다보스에서 즐기는 썰매 타기

다보스*에서 겨울 스포츠를 하는 방식은 멋있고 인상적이다. 젊거나 나이든 것을 불문하고 온갖 화려한 차림의 사람들이 훈련된 몸으로 움직이는 것을 보게 된다. 스케이트를 타는 장소는 크고 유리처럼 단단히 얼어 있고, 사방의 땅은 마치 스키를 타도록 만들어진 것처럼 보인다. 썰매길들은 내가 보아온 것들 중에서 최상이다. 하지만 그처럼 국제적인 스포츠 장소들은 민감한 여행객들로서는 오랫동안 참기 힘든 곳이다. 그래서 나도 몇 시간 지난 후에 다시 작별을 고하고, 내 썰매를 타고 클로스터스로 되돌아가기로 했다.

그보다 더 멋지게 썰매를 타본 적이 없었다. 길이 잘 닦여지고 충분히 경사진 길로 썰매를 타고 가니 별로 긴장하지 않고도 신속하고 멋지게 달렸다. 나는 높이가 낮은 썰매에 몸을 기대고, 아니 거의 납작하게 등을 기대고서 숲을 지나 넓고 아름다운 시야를 지나 달려갔다. 시선

---

* 다보스(Davos): 스위스의 그라우뷘덴주(州)에 있는 관광지로 1,500 미터가 넘는 고지에 위치하고 있으며, 휴양지이자 동계 스포츠로 유명한 곳이다.

은 때로는 길 위에 머물렀다가 때로는 높고 맑은 하늘에 머물곤 하였다. 그러는 사이에 썰매가 나아가면서 차 낸 가는 눈가루들이 구름처럼 차갑고 내 얼굴 위로 뿌려졌다. 가는 길에 나는 봅슬레이를 하나 사용했는데, 그것은 5인용의 긴 스포츠용 썰매였다. 달리다가 그것은 엎어져서 거의 망가졌다. 거기에 탔던 다섯 명의 사람들은 아픈 팔다리를 이리저리 문질렀는데, 서두르다가 하마터면 나하고 부딪쳐 또 한 번 쓰러져 구를 뻔했다.

산 위까지 올라가는 데 약 한 시간 반 소요된 길이 썰매를 타고 내려오는 데는 거의 십 분 밖에 걸리지 않았다. 익숙해진 생활공간보다 약 천 미터 높은 데서 하얀 겨울 산을 지나 달려 내려가다 보면, 잊을 만한 가치가 있는 것은 모두 다 잊어버린다. 그리고는 정상의 찬란함과 높은 곳에 비치는 태양빛의 따스함으로부터 죽음처럼 고요한 산골짜기의 혹독한 추위 속으로 쏜살같이 내려가게 된다. 위로를 해 주는 위대한 산의 정령도 함께 달린다.

그리고 이따금, 내 가슴에 고통을 느낄 때면
그 정령도 빙판 길을 조용히 함께 가 주었다.
그리고 그의 선량한 차가운 손을

내 이마 위에 갖다 대었다 – 내가 평화를 찾을 때까지.

(「그라우뷘덴의 겨울날들」 중에서, 1906년)

고산의 겨울

1. 등산

사방에 눈과 빙하의 얼음
그리고 가파른 첩첩 빙벽의 산.
그 뒤로 꿈결처럼 넓고 새하얀
눈이 내려 깊이 쌓인 고원.

천천히 나는 한 걸음씩
바위와 눈이 내려 날린 바닥 위에 내딛으며
빙하를 향해 걸어간다.
입에는 비스듬히 담뱃대를 물고서.

어쩌면 저기, 모든 세상과 멀리 떨어진
파란 얼음과 달 빛 속에는
나한테는 없는 달콤한 평화가,
그리고 잠과 망각이 깃들어 있으리라.

2. 산의 정령

강인한 정령 하나가 그의 흰 손을
그의 산 위로 드넓게 뻗고 있다.

그의 빛나는 얼굴은 거대하지만,
나는 그가 두렵지 않다. 그는 내게 아무 짓도 하지 않는다.

시커먼 협곡 속에서 나는 그를 느꼈고,
높은 정상에서는 그의 옷자락을 스쳤다.

나는 종종 그를 선잠에서 깨웠고,
삶과 죽음 사이에서 대담하게 희롱했다.

그리고 몇 시간 동안이고, 내 가슴에 고통을 느낄 때면
그도 빙하의 길을 조용히 함께 가 주었다.

그리고 그의 선량한 차가운 손을
내 이마 위에 갖다 대었다 – 내가 평화를 찾을 때까지.

3. 그린델발트 숲

이미 여러 행복한 밤이 내 머리 위에 푸르게 펼쳐졌으나
오늘과 같은 별들은 본 적은 없었다.

산들은 가파른 이마를 내 밀며 서 있고,
나직한 빛살이 만년설 위를 스쳐 지나간다.

그 위로 꿈꾸듯 경이롭게도
가까이 별빛 빛나는 하늘이 순수하게 펼쳐져 있다.

강한 빛을 발하며 침묵한 채, 풍요롭고도 온화하게
형상들이 성스러운 윤무를 펼치며 이어진다.

위대한 평화가 그들의 화관 위에 드리우고
내 영혼을 서늘한 광채로 채워 준다.

계속 하향해가는 내 삶으로부터
반쯤 잊었던 어제만이 아직도 남아 있도록.

4. 썰매 타기

눈 섞인 바람이 예리하게 앞에서 나를 막고,
빠르게 달리는 내 썰매가 달그락거린다.
건너편에 구름에 싸인 창백한 아이거 산*이
그 희미한 꼭대기를 내밀고 있다.

냉정한 승리의 기분이 내 마음을
알 수 없는 즐거움으로 감싼다.
마치 내 가슴 속에
자부심과 행복의 값진 짐이 놓인 듯이.

내 안에 아직도 잠들어 있는 병약함을
나는 강한 손으로 떨쳐내
웃으며 가파르고 깊은
눈 덮인 땅 속으로 내 던져버렸다.

---

* 아이거 산(Eiger): 스위스 중부의 베른오벌란트 연봉에 있는 3,970m 높이의
산.

겨울날의 경이로움

넓은 세상에서 겨울에 고산 위에 내리비치는 햇빛보다 더 경이롭고, 더 고상하고, 더 아름다운 것은 없다. 눈과 얼음, 그리고 돌 위에 반사된 빛과 온기는 형용할 수 없이 투명한 겨울의 맑은 대기 속에서 유희에 탐닉한다. ― 저지대에서는 아무리 찬란하게 빛나는 날에도 예감조차 할 수 없는 빛과 섬세하고 부드러우면서 건조한 온기가 펼치는 유희인 것이다.

「그라우뷘덴의 겨울날들」 중에서, 1906년

겨울 산행

간신히 정복한 산등성이에서 숨을 돌리며
나는 등산용 스틱으로 딱딱한 만년설을 쳤다.
마치 적과 싸우듯 힘겹게 싸워 온
그의 이마 위로 나는 승리에 차서 발을 내딛는다.

밝은 겨울 땅이 드넓게 펼쳐져 있고,
숲도, 경작지도, 반짝이는 호수도 없다!
갓 생겨난 강의 녹색 띠,
그밖에는 텅 빈 고독과 눈뿐이다.

얼어붙어 모든 기쁨을 빼앗긴 세계가
하얗게 드러난다…… 저기, 안개를 뚫고
햇살을 받아 분명하게 빛을 발하며
먼 알프스의 정상이 예리하게 솟아 있다.

그리고 돌연 불그스레 현란한 빛 속에서
얼어붙은 빙벽의 뾰족뾰족 굳은 머리가

165

속세가 아닌 듯 거대하게 빛나니, 한 편의 환상적인 시가
된다.
그리고 나는 무릎을 꿇고 내 두 손을 펼친다.

이월

(1921년)

아름다워라, 먼 곳의 눈 속에 비치는 아침햇살은.
아름다워라, 첫 서풍이 깃든 이 부드러운 푸르름은.
달콤하여라, 호수 위 메마른 남쪽 기슭
갈색의 온화한 숲속에서 갖는 정오의 휴식은.

더 아름답고 더 사랑스러워라, 헐벗은 관목의
가지들 속에서 이는 첫 지빠귀의 날갯짓은!
마음은 깨어나고, 피로에 지친 세상은 회복되니,
곧 꽃이 피어나면 – 이제 올 것이 오리라.

햇빛 찬란한 이월 말의 풍경

이월 말이 되자 고산의 겨울을 찬란하게 만드는 저 밝은 날씨가 몇 주 동안 이어졌다. 눈 덮인 높고 가파른 산들이 달구지국화처럼 파란 하늘에 청명한 색으로 솟아 있고 투명한 대기 속에서 믿기지 않게 가까이 있는 것처럼 보였다. 초원과 산비탈들은 눈에 덮여 있었다. 산바람이 불어온 눈으로, 그때처럼 골짜기들이 희고 수정처럼 맑고 허브 향을 풍긴 적이 없었다. 땅이 조금씩 솟은 곳에서는 정오가 되면 햇빛이 찬란한 축제를 벌였고, 분지와 산비탈에는 파란 그림자들이 만족한 듯이 드리워져 있었다. 몇 주 동안이나 눈이 내린 후에 공기는 너무나 맑아져서, 햇빛 속에서 들이마시는 숨결마다 즐거움 자체였다. 좀더 작은 비탈에서는 젊은이들이 썰매타기에 몰두하고 있다. 정오가 지난 시간에는 나이든 사람들이 골목길에 나와 서서 햇볕을 쬐며 좋아하고 있는 모습이 보인다. 밤에는 혹한 속에 지붕 서까래에서 삐걱거리는 소리가 난다. 눈 덮인 하얀 벌판 한 가운데에는 결코 언적이 없는 호수가 여름보다도 더 아름답게 고요하고 푸른빛을 띠고 있다.

(『페터 카멘친트』 중에서, 1904년)

이월의 호수 골짜기

아, 이월의 햇살이 비치는 성긴 대기여!
갈색과 노란 색 해안은 흐릿하게 살며시 사라지고
호수는 빤히 응시한다. 하늘은 유리처럼 차갑고 맑으며,
헐벗은 나무들은 장례의 행렬이 이어진다.
아, 근래에 수염 속에 흰 털이 보였다!
한때 그토록 밝게 타오르던 것은 늙고 피로해져
종말을 향하고 있다. 아, 화가여, 그대가 가는 길도
묘지의 공기와 겨울의 땅을 지나간다.

그러나 등 뒤로 벌써 가만히 비치는 햇살은
나에게 앞으로 올 여름을 부드럽게 노래한다.
다시 한 번 열렬하고 활기차게
여름을 지나가라, 너 잃어버린 아들이여!

알프스 산중의 겨울에 느끼는 봄의 기운

폭설이 내리던 시기는 지나고, 지금 우리는 아름답고 청명한 날들을 맞이하고 있다. 그런 날들이 점차 길어지는 것이 이미 분명히 느껴진다.

다시 나는 아침 햇살이 비치는 동안 높게 쌓인 눈 속을 뚫고 오두막들과 과일나무들 사이를 지나 오른다. 올라갈수록 나무들은 서서히 드물어지면서 내 뒤로 물러난다. 전나무들이 이어진 숲이 내 위쪽으로 뻗어 있는 거대한 산을 타고서 산의 정상 끝까지 활활 타오르는 불길처럼 이어져 있다. 그 위에는 더 이상 어떤 나무도 자라지 않는다. 순수한 하얀 눈이 여름이 될 때까지 고요히 놓여 있을 것이다. 나무들은 분지 깊숙한 곳으로 융단처럼 부드럽게 사라져 간다. 바위 기슭에 마치 외투를 걸친 듯, 보초를 서듯 환상적으로 매달려 있는 것들도 있다.

나는 그 산에 오른다. 등에는 배낭과 스키 도구를 메고서 가파른 숲 속 길을 한 걸음 한 걸음씩 내딛으면서 산 위로 향한다. 길은 간혹 얼음이 얼어 있어서 미끄럽다. 내 대나무 스틱의 뾰족한 끝은 쇠로 되어 있어 삐걱 소리를 내면서 마지못해 얼음 속으로 파고 들곤 한다. 걸어가는 동안에 몸이 더워지면서 내 턱수염에는 입김이 얼어붙는다.

모든 것들이 하얗고 푸르다. 온 세상이 차가운 백색이거나 차가운 청색으로 찬란히 빛나고 있다. 그리고 산정의 윤곽은 티끌 하나 없이 빛나는 하늘 속으로 단단하고 차갑게 솟구쳐 있다. 이어서 나는 비좁고 총총하고 음산한 침엽수림 속으로 들어선다. 등에 멘 스키 막대는 조용한 나뭇가지들에 붙어 있는 얼마 안 되는 눈들을 스치고 지나간다. 혹독하게 추운 날씨다. 나는 멈춰 서서 웃옷을 다시 입지 않을 수가 없다.

숲 위쪽으로는 가파른 기슭이 눈에 덮여 펼쳐져 있다. 길은 좁고 더 나빠졌다. 몇 번인가 내 넓적다리까지 눈 속에 파묻히곤 한다. 나는 눈 속을 뚫고 나아간다. 기분 나쁜 여우 발자국이 숲에서 이쪽으로 나 있다. 그것은 길 오른쪽으로 났다가 왼쪽으로 났다가 하면서 마치 장난하듯 섬세한 띠를 만들면서 산 쪽으로 돌아 올라가고 있다.

여기 산 위에서 나는 한낮의 휴식을 취할 생각이다. 마지막으로 보이는 오두막이 좁은 초원 기슭 위에 서 있다. 오두막의 문과 창문들은 조심스럽게 잠겨 있다. 그 앞에 남쪽으로 앉아 휴식을 취할 수 있는 작은 벤치가 있고, 그 위쪽에 샘이 하나 있는데, 그것은 눈 밑 깊숙한 곳에서 어둡고 마치 유리 같은 맑은 소리를 내면서 흐르고 있다. 나는 알코올에 불을 붙이고 냄비에 눈을 넣어 끓인다. 물건을 가득 채운 배낭 속에서 차 봉지를 찾는다.

하얀 알루미늄 냄비 속에서 햇빛이 현란하게 반짝인다. 끓는 냄비 위로 열을 받은 공기가 거품처럼 선회하면서 움직이고 있다. 눈 밑으로 가라앉은 샘은 희미한 소리로 부글거리고 있다. 그밖에 하얗고 푸른 겨울의 세계 속에는 아무런 움직임도 없고 아무 소리도 들리지 않는다.

오두막 주위로는, 앞에 서 있는 오두막의 지붕이 가려준 덕택에 눈이 쌓이지 않은 좁은 길이 이어져 있다. 거기에는 전나무 널빤지들과 가지들, 갈라진 그루터기들이 여기저기 널려 있다. 이상하게도 헐벗은 채로 황량한 눈 위에 아무렇게나 널려 있다. 깊은 고요가 이어진다. 끓는 냄비 속에서 눈 덩이가 슛슛 소리를 내며 녹는다. 산 아래의 뾰족한 나무 꼭대기에서 까마귀 소리가 까악 까악 들려온다. 그것은 고독하게 홀로 남은 자를 놀라게 하는 두려운 소음이 된다.

나는 앉아서 반쯤 조는 상태로 꿈을 꾸었다. 몇 분간이었는지 모르겠다. 아마도 15분 정도였을지 확실하지 않다. 그러나 돌연 희미하면서도 끊임없이 부드럽고 연약

한 음이 내 귀에 들려온다. 이상하게도 낯선 소리지만, 마치 마법을 불러일으키는 듯한 소리다. 그것이 어떤 소리인지 해명하기는 불가능하다. 그러나 그것 때문에 주위의 모든 것은 달라져 버렸다. 쌓인 눈은 더 칙칙해지고, 공기는 더 팽창하고, 햇빛은 더 감미롭고, 세계는 더 따뜻해졌다. 그리고 다시 소리가 들려온다. 다시금. 그것은 빠르게 들렸다가 짧게 멈추었다가 다시 들려오곤 한다. 이제야 나는 그것이 무슨 소리인지 알아차린다.

이제 나는 미소를 지으면서 바라본다. 그것은 지붕에서 땅으로 떨어지는 물방울이다! 벌써 세 개, 여섯 개, 열 개의 물방울들이 동시에 떨어진다. 함께 어울리고 재잘거리면서, 열심히 떨어진다. 그 물방울은 완고하고 단단한 것을 부셔 버린다. 지붕에서 얼음이 녹고 있다. 겨울의 두터운 갑옷 속에는 작은 벌레가 숨어 있다. 그 조그마한 파괴자가 구멍을 뚫으면서 봄을 재촉하고 있다. 탁, 탁, 탁 소리와 함께……

그리고 땅바닥에는 넓게 생겨난 물줄기가 하나 반짝거린다. 또 그 위를 뒹굴고 있는 예쁘장하고 둥근 돌 몇 개가 반짝거리기 시작한다. 메마른 전나무의 뾰족한 잎들 몇 개가 내 손바닥보다 훨씬 작은 물웅덩이 위에서 헤엄치면서 몸을 돌린다. 오두막집 지붕 위로는 한낮의 해가 내리쬐고 있다. 그 자리를 따라서 무거운 물방울들이 느슨하게 떨어지고 있다. 하나는 눈 위로, 하나는 돌 위로 투명하고 차갑게 떨어진다. 또 다른 물방울 하나는 마른 판자 위로 둔탁하게 떨어진다. 그 판자는 떨어진 물방울을 게걸스럽게 흡수해 버린다. 또 다른 물방울은 맨땅 위로 펄썩 하고 넓게 떨어진다. 그 땅은 너무도 깊고 단단하게 얼어붙어 있어서 물방울을 아주 서서히 빨아들이고 있다.

앞으로 사 주나 육 주가 지나면 땅이 녹아서 벌어질 것이다. 그리고 그 자리에는 바람에 날려 온 풀씨가 자랄 것이다. 하지만 그것은 지금은 보이지 않는 곳에서 작고 둔한 모습으로 잠들어 있다. 돌들 사이에는 난쟁이처럼 조그마한 잡초들과 섬세한 꽃들이 숨어 있다. 작은 니겔라 꽃, 광대수염, 연약한 뱀딸기, 더부룩한 민들레 따위들이.

이 작은 장소는 한 시간 전부터 모습이 아주 변해 버렸다! 주위에는 여전히 사람 키 높이로 눈이 쌓여 있다. 앞으로도 오랫동안 그렇게 쌓여 있을 것이다. 그러나 오두막이 있는 부근은 벌써 겨울에서 해방된 힘이 얼마나 탐욕스럽게 생명의 호흡을 하고 있는지 모른다!

땅 위의 판자 더미 위에 쌓인 눈의 가장자리로부터 야

트막하게 물방울이 조용히 흘러나온다. 그것은 주위의 쌓인 눈 주위를 감돌며 흐르다가 소리 없이 빨아들이는 나무 속으로 흘러 들어간다. 얼음이 녹는 물소리가 지붕으로부터 즐거운 듯 졸졸거리며 내려온다. 지붕 위의 눈은 아직 다 없어진 것 같지는 않다. 문지방 앞에는 한낮의 햇빛을 받아 축축한 땅에서 가느다란 구름처럼 수증기가 피어오른다.

　나는 식사를 하고 나서 웃옷을 벗었다. 그러고는 조끼마저 벗어 버렸다. 햇볕을 쪼이면서 봄을 알리는 이 작은섬의 소리에 귀 기울인다. 내 발밑에서 햇빛을 반사하는 작은 물구덩이와 반짝거리며 떨어지는 녹은 물방울들이 몇 시간만 지나면 모두 죽어 다시 얼음이 되리라는 것을 안다. 그럼에도 이미 봄이 되살아나려고 꿈틀거리고 있는 모습이 보였다.

　　　　　　「베른의 고지대 알프스 산중의 오두막 앞에서」 중에서 1914년)

이월의 저녁

푸르스름하게 언덕에서 호수 쪽으로 폭신한 눈이
녹으며 흐린 광채로 가물거린다.
안개 속에서 형태를 잃고 파리한 꿈들처럼
죽은 나무들의 가지 많은 수관이 흐느적거린다.

그러나 마을을 지나고, 졸고 있는 모든 골목들을
지나며 밤바람은 포근하게 느릿느릿 걸어간다.
울타리에 부딪혀 쉬며, 어두운 정원 속에서
그리고 꿈속에서 젊음의 봄을 깨어나게 한다.

이 책에 수록된 헤르만 헤세 수채화

헤르만 헤세의 삶과 작품

독일이 낳은 20세기의 대문호이며 시인이자 노벨상 수상 작가인 헤르만 헤세(Hermann Hesse)는 우리에게 많이 알려져 있고 실제로 우리나라에서 가장 많이 읽히는 독일 작가이기도 하다. 또 그는 독일 작가이면서도 가장 비독일적인 특성을 보여주는 작가이기도 한데, 그 이유는 여러 특성을 동시에 지니고 있기 때문이다.

그는 한편으로는 '독일의 내면성'을 그의 소설들 속에서 가장 잘 표현하고 있어 독일 최후의 낭만주의자로 간주되는가 하면, 또 한편으로는 동양 정신을 많이 알고 거기에 동조해온 작가이며 일반 독일인의 눈으로 볼 때는 아웃사이더이자 비정치적인 작가이기도 했다. 그의 작품들은 전체적으로 그의 자화상이라 할 수 있으니, 여러 편의 소설과 특히 많은 시와 수필을 썼지만 그 어떤 작품도 자신의 체험과 관찰을 토대로 하지 않은 것은 거의 없었다.

헤세는 1877년 7월 2일 독일 남부의 울창한 숲인 슈바르츠발트(흑림)가 있는 슈바벤(Schwaben) 지방의 작은 도시 칼브(Calw)에서 태어났다. 작은 계곡이 있고 자연 경관이 매우 아름다운 이곳은 헤세를 어려서부터 자연 속으로 이끌면서 그의 가슴속에 깊이 자리 잡았다. 그곳의 자연은 유년 시절부터 그에게 꿈과 예리한 관찰력, 그리고 인간과 자연의 근원에 대해 사색하도록 해주었다. 특히 이곳을 소재로 하여 자연과 청춘을 다룬 그의 초기 작품들은 젊은 세대에게 큰 인기를 끌었다. 그리고 훗날 나이가 들어서는 보통 밀짚모자를 쓰고 뜨거운 햇볕이 쪼이는 남쪽 지방을 홀로 배회하면서 소박한 농부나 정원사가 되어, 구름과 안개와 햇빛, 산과 호수와 같은 자연을 끔찍이 사랑하면서 시와 산문을 많이 쓴 서정적인 작가가 되었다.

유년 시절의 헤르만 헤세는 상상력이 풍부했으며 음악을 좋아하고 풀, 나무, 시냇물 등 자연에 애착을 가졌으나 아주 고집이 세고 반항심도 있었다. 그는 부모를 따라 1881년부터 스위스의 바젤(Basel)로 가서 살다가 1886년에 다시 칼브로 돌아왔다. 이처럼 어릴 적부터 독일과 스위스를 넘나들며 살았던 그는 결국 훗날 독일을 떠나 그리 어렵지 않게 스위스에 정착하게 된다. 칼브에 돌아온 후에 헤세의 어머니는 그를 열세 살 때인 1891년 가을에 신학자로 키우기 위해서 마울브론(Maulbronn) 신학교에 보냈다. 그러나 헤세는 열네 살 때인 1892년 3월 어느 날 갑자기 신학교를 탈출했으며, 그 후 다시 학교로 돌아갔으나 정신적으로나 육체적으로 이미 학업을 감당할 수 없을 정도로 지쳐 있어서 신학교를 포기했다. 다시 공부하려는 생각으로 1892년 11월에 칸슈타트(Cannstatt)의 김나지움에 1년간 다녔지만 역시 그곳의 주입식 교육과 규율, 속박을 견디지 못하고 결국 다시 그만두면서 그의 학교 교육은 끝이 났다.

짧은 학창 생활, 특히 마울브론 신학교 생활은 그로 하여금 학교 교육에 대해 몹시 부정적인 생각을 갖게 했다. 근본적으로는 자기주장이 강했던 그는 남보다 일찍 자기만의 길을 찾아가려고 갈구했는데, 그것은 바로 시인이 되려는 것이었다. 그는 훗날 쓴 〈요약한 이력서(Kurzgefaßter Lebenslauf)〉(1925)에서 "내가 열세 살이 되던 해부터 한 가지 사실이 분명해졌다. 그것은 내가 시인이 되든가 그렇지 않으면 아무것도 되고 싶지 않다는 사실이었다."라고 밝혔다. 헤세는 마울브론 신학교에 만족하지 못하고 또 학업을 중단하고 말았지만, 그때의 체험을 나중에 그의 소설 『수레바퀴 밑에서(Unterm Rad)』(1906)에서 아주 잘 묘사하였다. 고향 칼브로 되돌아온 헤세는 그 일에도 만족하지 못해 얼마 후 그 도시에 있는 페로 (Perrot) 탑시계 공장에 견습생으로 들어갔으나 약 일 년 동안 일하다가 그만 두고 열아홉 살 때 튀빙겐(Tübingen) 시로 가서 서점 점원이 되었다. 거기에서 그는 틈나는 대로 독서할 기회를 얻어 많은 책을 읽었고 자유롭게 마음껏 사색하면서 동양의 문화와 종교에 대한 관심을 가졌다. 헤세의 외가 사람들과 어머니는 이미 인도에서 선교를 하면서 기독교뿐만 아니라 불교와 노자에도 관심을 가졌기에 그 영향으로 헤세도 자연스럽게 여러 나라의 문화와 사상을 접할 수 있었다.

그 후 그는 틈나는 대로 습작을 하여 스물두 살 때 처녀 시집 『낭만적인 노래(Romantische Lieder)』(1898)를 자비로 출판했으나 호응을 얻지 못하다가, 후에 산문집 『자정 뒤의 한 시간(Eine Stunde hinter Mitternacht)』(1899)을 출간하였다. 1901년에 첫 번째 이탈리아 여행(피렌체, 제노바, 피사, 베네치아 등)을 하고 8월부터 바젤의 바텐빌 고서점에서 서적 판매원으로 근무했다. 그 해 가을에 『헤르만 라우셔의 유작(遺作)과 시(Hinterlassene Schriften und Gedichte von Hermann Lauscher)』를 발표했고, 1902년에는 어머니에게 헌정하는 『시집(Gedichte)』을 발표하였다. 이윽고 스물일곱 살 때인 1904년에 『페터 카멘친트(Peter Camenzind)』를 출판하여 큰 명성을 얻고 본격적으로 작가 생활을 하게 되었다. 풍부한 자연 감정과 서정으로 채색된 이 소설은 시민적이고 우수(憂愁)에 찬 감정을 바탕으로 하는 자전적 소설로, 처음으로 작가로서 그의 이름을 알린 출세작이 되었다. 그 해 그는 이탈리아 여행 중에 알게 된 자유 사진작가이자 피아니스트인 마리아 베르누이(Maria Bernoulli)와 결혼하여 독일 남서부의 보덴(Boden) 호수 근교의 작은 마을 가이엔호펜(Gaienhofen)으로 이주했다. 그녀는 그보다 아홉 살이나 연상이었다.

헤세는 자유 작가로 생활하면서 한편으로 여러 신문과 잡지에 기고도 하고, 그의 주요 장편소설인 『수레바퀴 밑에서』(1906)와 음악가를 소재로 한 소설 『게르트루트(Gertrud)』(1910)를 발표했다. 『수레바퀴 밑에서』는 작가 자신이 신학교 시절에 겪은 괴로운 체험이 반영되어 있는 소설로 규율과 전통에 매인 고루한 시민 사회와 싹터 오르는 소년들의 자유분방함과 창조적인 재능을 짓밟고 의무만 강요하는 비인간적인 교육제도를 비판하였다. 가이엔호펜에서 작품 집필에 열중하던 헤세는 자유분방한 기질이 다시 발동하여 이 생활에 싫증을 느꼈다. 부인과도 불화가 생기자 그는 1911년 서른네 살에 인도 여행을 떠나기로 결심하고 실론(인도 남쪽의 작은 섬), 수마트라 등지를 방문했으나, 당시 유럽의 식민지로 전락한 동양은 그가 상상하던 것과는 거리가 멀었으므로 이에 환멸을 느낀 그는 곧 귀국해버렸다. 귀국 후인 1912년에는 독일을 떠나 스위스 베른(Bern)에 거처를 정하고 다시 작품 집필에 몰두했다. 그리고 1913년에 동방여행기『인도에서(Aus Indien)』를 출간하였다. 이후에 그는 연속해서 화가 부부의 파국을 다룬 소설『로스할데(Rosshalde)』(1914), 신작 시집『고독자의 음악(Musik des Einsamen)』(1915), 그리고 세 개의 단편으로 이루어진 서정적 단편집『크눌프(Knulp)』(1915) 및『청춘은 아름다워라(Schön ist die Jugend)』(1916) 등 청춘문학의 명작들을 발표했다. 특히『크눌프』에서는 고독한 방랑자의 모습을 빌어 자유와 자연을 사랑하면서 생에 충실하다가 병에 걸리는 주인공이 등장한다. 마지막에는 입원해 있던 병원에서 뛰쳐나와 눈 덮인 산길을 헤매다 피를 토하면서 쓰러진 주인공은 그곳에서 죽어가면서 결국 자연과 신과 세계와 자기의 생과 화해하고 만족한 표정으로 눈을 감는다.

1914년에 제1차 세계대전이 발발하자 헤세는 포로가 된 독일병을 위문하기 위해 자진해서 문고와 신문을 편집하는 등 헌신적으로 일하면서 또 한편으로 반전(反戰) 운동을 벌이기 시작했다. 이에 본국 독일로부터 배신자로 낙인 찍혀 탄압을 받았다. 결국 전시 봉사로 육체적·심적 과로에 지친 그는 부친도 사망하고, 아내의 정신병이 악화된 데다 막내아들 마르틴이 병에 걸리는 등 집안에도 여러 어려운 일이 겹치면서 극도로 신경이 쇠약해졌다. 이에 헤세는 1916년 봄부터 한 달 정도 스위스의 유명한 분석심리학자인 칼 구스타프 융(Carl Gustav Jung)의 제자인 요제프 랑(Josef Bernhard Lang) 박사를 찾아가 심리분석 요법으로 개인적인 치료를 받았다. 심층심리학에 대한 이야기를 나누었고, 또 스스로 그 이론을 연구하여 이를 그의 나중에 그의 대표작이 된 소설 『데미안 (Demian)』(1919)에 반영하며 쓰기 시작했다. 그리고 융의 꿈 이론의 영향을 받은 헤세는 또 자신의 꿈속에서 '막스 데미안'이라는 인물을 만나 그를 구체적으로 형상화하면서 소설을 썼다. 세계대전으로 서구 정신과 사상의 한계와 몰락을 체험한 헤세는, 그동안 서구를 지켜왔던 기독교적인 사상과 그 윤리만으로는 부족함을 깨닫고 이때부터 서구 사상의 독단에서 벗어나 다른 해결의 길을 모색한다. 그것이 바로 '내면으로의 길'이며 헤세는 이 과정을 융의 정신분석 이론이 보여준 동양 사상과의 접목을 통해서 찾아가게 된다.

　제1차 세계대전이 막바지에 이른 무렵인 1917년, 헤세는 안팎의 동요가 격심하던 시기에 조국 독일이 아닌 스위스 베른에서 살았다. 거기서 자신이 시련과 고뇌 속에서 깨달은 내면으로의 길을 가기 위해 창작에만 열중하여 9월과 10월 두 달 동안 집중해서 소설 『데미안』을 집필하여 전쟁이 끝난 후에 '에밀 싱클레어'란 익명으로 발표했다. 자기 탐구의 길을 개척한 이 작품에서는 주인공이 이를 극복하고 청년으로 성장해가는 모습을 그리고 있다. 이 소설은 제1차 세계대전 직후 패전으로 말미암아 혼란에 빠져 있던 독일의 청년들에게 깊은 감명을 주었으며 문학계에도 큰 반향을 불러일으켰다. 헤세는 당시 전후에 정신적·육체적으로 피폐해진 나머지 나아갈 방향을 잃고 혼란스러워하는 독일 젊은이들에게 주인공 데미안을 통해 형상적으로 삶의 방법을 제시하려고 했다.

　1919년에는 단편소설집 『작은 정원(Kleiner Garten)』과 『동화집(Märchen)』을 출간하였다. 그는 아내와 아이들을 두고 베른에서 테신(Tessin) 주(州)의 몬타뇰라(Montagnola)로 혼자 이주하여 카사 카무치(Casa Camuzzi) 별장에서 살기 시작하면서, 1920년에 단편집 『클링조어의 마지막 여름(Klingsors letzter Sommer)』을 출판하고 수채화를 곁들인 여행소설 『방랑(Wanderung)』을 발표하였다. 1921년에는 『시 선집(Ausgewählte Gedichte)』을 출간하고 또 『테신에서 그린 수채화 11편(Elf Aquarelle aus dem Tessin)』을 발표하였다. 뒤이어 나온 소설 『싯다르타(Siddhartha)』(1922)에서는 한 걸음 더 나아가 인도의 불교 세계에서 자아의 절대 경지를 탐구하는 과정을 그리고자 했다. 『싯다르타』는 헤르만 헤세가 초기의 몽상적 경향을 탈피하고 소설의 무대를 본격적으로 동양으로 옮겨 내면의 길을 탐색한 작품이다. 이처럼 헤세는 여느 독일 작가와는 다르게 동양과 서양을 서로 배격하지 않고 하나로 보면서 그 안에서 적극적으로 해답을 찾으려 한 작가였으므로 우리 같은 동양의 독자들에게서 많은 공감을 사고 있는 것이다.

헤세는 1923년에 영원히 스위스 국적을 얻은 후에 아내와 이혼하자마자 스위스 여성과 결혼했으나 얼마 안 가 또 헤어지면서 정신적·육체적으로 매우 힘든 시간을 보냈다. 그는 여전히 자신의 내면에서 겪고 있던 고통과 좌절에 대한 감정을 소설 『황야의 이리(Der Steppenwolf)』 (1927)에서 묘사했다. 이어서 신학자로서 지성의 세계에 사는 나르치스와 여성을 알고 애욕에 눈이 어두워져 방황하는 골드문트의 우정의 과정을 다룬 『나르치스와 골드문트(Narziß und Goldmund)』(1930)를 출판했는데, 이 소설은 헤르만 헤세에게 다시 한 번 큰 명성을 가져다주었다. 1931년에 그는 만년의 대작이 되는 장편소설『유리알 유희(Das Glasperlenspiel)』의 집필을 시작하였다. 그리고 체로노비츠 출신의 니논 돌빈(Ninon Dolbin, 1895~1966)과 세 번째 결혼을 했고, 화가 친구인 한스 C. 보드머(Hans Bjodmer)가 지어 평생토록 살게 해준 몬타뇰라의 새 집으로 그녀와 함께 이사하였다. 그는 1932년에는 『동방 순례(Die Morgenlandfahrt)』를 출간했고, 1933년에 단편집『작은 세계(Kleine Welt)』를 발표하였다. 특히 몬타뇰라(Montagnola)의 새집에서 산 이후에는 많은 시들을 썼는데, 1934년에 시선집『생명의 나무에 대하여(Vom Baum des Lebens)』를, 1936년에는 전원시집『정원에서 보낸 시간들(Stunden im Garten)』을 발표하였다. 그리고 1937년에는『회고록(Gedenkblätter)』과『신 시집(Neue Gedichte)』을 발표하였다. 독일에서 나치스 정권이 집권한 이후부터는 그 탄압으로 독일 내에서 헤세의 작품들이 몰수되고 출판이 금지되었으므로 그의 작품들은 스위스 취리히에서 출판되었다. 1943년에 만년의 대작인『유리알 유희』가 취리히에서 출간되었다. 20세기의 문명 비판서라 할 수 있는 이 소설로 헤세는 작가로서의 명성을 확고하게 다졌다. 1944년에는 독일 비밀경찰이 헤세 작품을 독일에서 출판하던 출판업자 페터 주어캄프(Peter Suhrkamp)를 체포하였다. 그러나 헤세는 이에 굴하지 않고 이듬해인 1945년에 단편들과 동화 모음집인 『꿈의 여행(Traumfährte)』이 취리히에서 출간하였다. 독일이 제1차, 제2차 세계대전을 치르던 가장 어려운 시기에 작품활동을 한 헤세는 양면적 고뇌를 겪으면서 독일의 상황에서 벗어나 자연에 침잠하여 조화와 이상을 추구했다. 깊은 통찰력과 감미로운 서정적인 필치로 그는 전쟁에 의해 몰락해 가던 독일과 유럽 문명에 동양 세계와 자연 세계로의 접근을 통해 새로운 희망과 생명을 부여하려고 끊임없이 노력했던 작가였다.

제2차 세계대전이 끝나자 1946년부터 헤세는 다시 독일에서 책이 출판되었고, 독일 프랑크푸르트(Frankfurt)시(市)가 주는 괴테 문학상을 수상했으며 이해 11월 14일에는 노벨문학상을 수상하였다. 이후에도 그는 작품활동을 계속해 1951년에는 『후기 산문집(Späte Prosa)』과 『서간집(Briefe)』을 발표하였고, 계속 알프스 산간 마을 몬타뇰라에 칩거하여 스스로 경작하고 영원한 은둔주의자와 방랑자로 살면서 전원시 등 많은 작품을 계속해서 썼다. 그리고 나이가 들어가면서 점점 더 서정적으로 변하여 챙이 큰 둥근 밀짚모자를 쓰고 호미와 바구니를 든 소박한 정원사, 또는 흰 구름과 안개와 저녁노을, 산과 호수를 좋아했던 시인, 그리고 동양의 정신을 이해하고 거기에 심취했던 인물로서 세계 어느 작가보다도 우리에게 친숙하고 잘 알려진 작가가 되었다. 이처럼 서정성이 짙은 작가이면서도 또 한편으로 문명에 찌든 독일인들에게 낯설면서도 동경을 불러일으키는 동양적인 세계를 묘사하여 독일의 많은 청소년들에게 여행과 방랑과 모험, 자연에 대한 향수를 일으켰던 그의 작품들은 많은 독일인들뿐만 아니라 우리 같은 동양인들에게도 끊임없이 읽히고 사랑을 받아왔다.

헤세는 마침내 여든다섯 살이 된 1962년에 몬타뇰라의 명예시민이 되었으나, 그해 8월 9일 뇌출혈로 몬타뇰라에서 아침에 세상을 떠나 이틀 후에 성 아본디오(St. Abbondio) 교회 묘지에 안장되었다. 아내 니논 헤세는 12월 8일에 베른에 있는 스위스국립도서관을 방문하여 헤르만 헤세의 유고집을 그곳에 보관하기 위한 의논을 하였다. 헤세는 사후에도 작가로서의 명성을 계속 유지하였으며 특히 1970년대부터 그의 인기는 오늘날 독일을 넘어서서 전 세계로 퍼져 나가 오늘날까지 계속되고 있다.

이번에 출간하게 된 헤세의 시집이자 산문집인 『봄』, 『여름』, 『가을』, 『겨울』은 위에서 소개한 헤세의 여러 시집과 산문집, 소설 등에서 각각의 계절과 관련되고 그의 자연관을 잘 표현해 주는 내용들을 선정하여 엮는 것이다. 헤세는 스위스의 산골 마을에서 생활하는 동안 작품을 쓰고 정원을 가꾸고 하는 일 외에도 취미와 심리적 병 치료를 위해 많은 수채화를 그렸는데, 그 작품들 가운데 일부도 여기에 함께 실었다. 우리는 앞서 헤세의 삶과 작품들에 대해 간략하게 살펴보았듯이, 그의 삶이 결코 평탄하지 않았으며 평생 현실과 이상 사이에서 갈등을 겪고 많은 고통을 겪었다는 것을 알 수 있다. 그럼에도 불구하고 그는 '자연'을 잊지 않고 고난에 처할 때마다 자연으로 돌아가서 거기에서 해답을 찾으려고 끊임없이 노력한 덕분에, 결국 마음과 몸의 병을 치유하고 자연 속에서 평화를 느끼면서 살고 또 작가로서도 성공을 거둘 수 있었다. 우리는 여기에 실린 그의 잔잔하고 포근한 시와 산문들을 읽으면서 헤세의 인생관과 자연관, 예술관, 그리고 인품을 충분히 느낄 수 있을 것이다. 그리고 그가 우리에게 전달하려고 애썼듯이, 우리가 삶 속에서 느끼는 모든 고통과 절망은 결국 자연을 바라보고 이해하고 거기에 우리의 마음을 두었을 때, 우리의 삶에 대한 해답을 찾게 되고 고통을 벗어나 의연해지고 평화로워질 수 있다는 것을 알게 될 것이다.

이제 독자분들께서는 마음의 여유를 갖고 헤세의 시와 산문집 『봄』을 시작으로 『여름』, 『가을』, 『겨울』을 차례로 읽으면서 헤세가 절묘하게 묘사한 각 계절의 느낌을 함께 느껴갈 수 있기를 바란다.

2017년 봄, 두행숙

Winter

헤르만 헤세, 겨울

지은이 | 헤르만 헤세
옮긴이 | 두행숙

펴낸곳 | 마인드큐브
펴낸이 | 이상용
책임편집 | 김인수
디자인 | 김태형

출판등록 | 제2018-000063호
이메일 | viewpoint300@naver.com
전화 | 031-945-8046
팩스 | 031-945-8047

초판 1쇄 발행 | 2017년 12월 15일

ISBN | 979-11-88434-03-9(03850)